U0010128

古今和歌集

こきんわかしゅう

紀貫之 等——【編著】

陳黎、張芬齡——【譯】

目錄

譯序
《古今和歌集》——平安王朝的四季戀歌

陳黎・張芬齡

　　這本《古今和歌集：300首四季與愛戀交織的唯美和歌》從日本經典和歌集《古今和歌集》裡選譯了301首短歌（tanka），1首長歌（chōka，第285首譯詩）以及1首旋頭歌（sedōka，第286首譯詩）。短歌是近一千兩百年來日本最盛行的詩歌形式，由5-7-5-7-7，三十一音節構成，傳統上用以表達溫柔、渴望、憂鬱等題材，每每是男女戀愛傳達情意之媒介。日本現存最古老的和歌選集《萬葉集》（約成於759年）收錄了4500首左右的歌作，其中有百分之九十三採用短歌的形式。完成於905年前後的《古今和歌集》是日本第二古老的和歌選，所選1100首詩作中，除長歌五首、旋頭歌四首外，其餘都是短歌。由醍醐天皇（885-930）下令編纂的此本《古今和歌集》是日本史上第一本敕撰（天皇敕命編選的）和歌集，至十五世紀後花園天皇（1419-1470）下令編輯而成的《新續古今和歌集》（1439年），五百多年間共編有二十一本敕撰和歌集。

　　《古今和歌集》原書，和《萬葉集》一樣，共分二十卷。本中譯選集之編排，將之簡化為六輯，分別是——

輯一：春歌（選自原書卷一「春歌上」、卷二「春歌下」）

輯二：夏歌（選自卷三「夏歌」）

輯三：秋歌（選自卷四「秋歌上」、卷五「秋歌下」）

輯四：冬歌（選自卷六「冬歌」）

輯五：戀歌（選自卷十一「戀歌一」、卷十二「戀歌二」、卷十三「戀歌三」、卷十四「戀歌四」、卷十五「戀歌五」）

輯六：雜歌等（選自卷十七「雜歌上」、卷十八「雜歌下」以及卷七「賀歌」、卷八「離別歌」、卷九「羈旅歌」、卷十「物名歌」、卷十六「哀傷歌」、卷十九「雜體」、卷二十「大歌所御歌、神樂歌、東歌」等）

《萬葉集》4500首歌作中，約有一半是作者未詳之作。《古今和歌集》中無名氏歌作佔了四成，約有450首，拙譯《古今和歌集：300首四季與愛戀交織的唯美和歌》所選303首歌作中，有118首是無名氏之作。《古今和歌集》詩作大致可分為三個時期：「無名氏詩人」時期（約九世紀上半，但全書中無名氏之作並不只限於此時期），「六歌仙」時期（九世紀下半，約858至888年，《古今和歌集》序中論及的僧正遍昭、在原業平、文屋康秀、喜撰法師、小野小町、大友黑主等六詩人活躍的時期），以及編著者的時期（九世紀末至十世紀初）。書名中的「古」字，指的是紀貫之在假名（日文）序中所說的「『万葉集』に入らぬ古き歌」（未收錄於《萬葉集》中的古歌）──真名（漢文）序中以「《續萬葉集》」稱這些古來舊歌；而「今」字則指與紀友則、紀貫之等編著者同時

代的歌作。雖然《萬葉集》和《古今和歌集》皆為二十卷，但編排方式不同。《萬葉集》大致以作者為單位，將同一作者的選詩彙編在一起，顯得有些龐蕪雜亂；《古今和歌集》則以詩作主題分卷（如前所示），編排結構井然有序，分卷嚴謹且合乎情理，銜接的節奏拿捏得宜。

《古今和歌集》雖細分為二十卷，但主要聚焦於「四季」（共六卷）和「戀歌」（共五卷）這兩個中心主題。「四季」的分輯在某種程度上呼應了歲時節氣，以繁複交錯的主題、子題和意象描寫季節的推移，自然景物的變換，以及觸景生情的多樣情思：在「春歌」，我們讀到對春日的期盼，冬盡春來季節更迭的自然景象，春雨、春風、梅花、柳樹、櫻花、棣棠花、黃鶯……展露的萬種風情；在「夏歌」，我們讀到藉由藤花、花橘、水晶花、蓮葉、布穀鳥所抒發的或思慕或憶舊或悲愁的心境；在「秋歌」，我們讀到秋風、秋月、秋野、秋霧、秋露、秋菊、萩花、女郎花、滕袴、芒草、紅葉，與秋蟲、秋雁、野鹿、七夕時節所勾勒出的多面向的秋意；在「冬歌」，我們讀到冬雨、冬雪、冬梅打造出的銀白有情世界。

在「戀歌」部分，戀情由無到有、由喜到悲的發展軌跡──從懵懂的愛情萌芽前期，愛意的蠢蠢欲動，等待愛情眷顧的焦躁不安，相會時騷動的激情愛火，無法相見時的惆悵與煎熬，企圖跨越流言蜚語和世俗藩籬的愛情宣示，到分離的苦楚與難捨，對愛情的質疑與憂慮，失戀後的神傷與對舊愛的追憶──像刻繪細膩、劇情跌宕的愛的連續劇一幕幕上演，撩撥心弦。

《古今和歌集》具有整體感的編排巧思，讓同一主題的作品之間有著對比或呼應的變奏趣味，它所收錄的詩作固非首首皆驚人、非凡，但它們之間交織、互補、聯動的關係，讓作品產生互相幫襯的相乘效果，使此和歌集在日本文學史上深具意義，佔有重要地位。《古今和歌集》影響深遠，是過去一千年來日本文學傳統的瑰寶，不僅僅因為它是首部奉敕編纂的和歌集，更因其所收錄的歌作極具水準，將短歌從隨興的吟唱提升為著重創意、技巧的藝術，為日本文學注入活水，至今許多評論者仍視此書為日本文學的巔峰之作。《古今和歌集》樹立了以主題分輯的編纂體例，成為後代和歌選集的編輯典範。藉詩歌主題的變奏、對比、伸衍等元素讓前後首詩作互相呼應，相連成篇、成卷的構組方式，可說是後來連歌（renga）或俳諧連歌（haikai renga）等詩歌形式的先聲。對季節的強調，則強烈影響了重視「季題」的俳句（haiku）此一日本重要詩歌類型的寫作。

　　《萬葉集》的作者來自不同的社會階層與各行各業，詩風多半質樸、渾厚、純真、抒情、寫實，擬人化是常用的手法。《古今和歌集》的作者多為宮廷詩人，或多或少受過漢詩文的洗禮，善於運用擬人化手法、迂迴的比喻（巧喻）、雙關語、對比的張力以及字的歧義性增添詩歌的趣味，詩風時而優雅、細緻、唯美，時而知性、機智、節制，時而熱情奔放，時而深情冷凝。

　　在春天，歌人想像飛舞的黃鶯是擅長穿自然之針引自然之線且深諳「尋花問柳」之道的天生能手：「撚青柳的細絲／為線，黃鶯／穿梭花柳間，縫／織出一頂笠──／一頂梅花

笠」（第298首譯詩）；人類應該以它們為師，以自然之美稍享老來俏之樂：「如果黃鶯可以／縫織梅花笠／遮頂——我為什麼／不能折梅花為簪，／稍隱我龍鍾老態？」（第22首），並且童心未泯地發揮阿Q精神讓「老」這個不速之客吃閉門羹：「早知老／將至，閉門／緊鎖答／『不在』，／拒它於門外！」（第269首）。在相思難耐的夜晚，蜷曲身子的歌人想像自己被愛神夾攻，無力與之對抗：「從枕邊和腳邊／愛神兩頭／來追攻——／抗衡全無方，／只好蜷曲床中央」（第289首）；在流淚不止的夜裡，眠床化做河流，枕頭徹夜漂流，讓傷心人難以入眠：「落淚成河，枕／漂流如／無槳之舟——／終夜沉浮，我／如何入睡入夢？」（第157首）。在布留今道筆下，綻放於男山的女郎花宛如墮入風塵的煙花女：「啊，女郎花，／行過此地，見你／立於男山上／如墮入風塵——／令我悲」（第91首）。戀愛中的在原業平從男人退化（或進化？）為「物」，與原始自然合一的懷春或發春之物：「我是一個醒也不是，睡也／不是，由夜晚到天明／竟日痴痴看著／淫雨／紛紛降的／春之物」（第186首）；紀友則暗藏心底未說出口的愛是「一條暗流，一條／愛河激湧」（第182首）；紀貫之理不清的情思彷彿「秋野百花／紛亂開，萬紫／千紅／撩我心頭／千萬緒」（第175首）。

對愛戀中的小野小町而言，幽會的夜晚永遠是短暫的：「秋夜之長／空有其名，／我們只不過／相看一眼，／即已天明」（第192首），即便如此，現實中的匆匆一見依然遠勝夢中的夜夜相會：「雖然我沿著夢徑／不停地走向你，／但那樣的幽會加起來／還不及清醒世界允許的／匆匆一瞥」（第203

9

首）。對追求她的諸多男子，小野小町抱怨：「我非海邊漁村／嚮導，何以他們／喧喧嚷嚷／抱怨我不讓他們／一覽我的海岸？」（第220首），「他難道不知道／我這海灣／無海草可採──／那漁人一次次走過來／步伐疲憊……」（第189首）。然而對志同道合文友的邀約（詩人文屋康秀赴任三河掾時邀她同往一遊），她欣然答以此歌：「此身寂寞／漂浮，／如斷根的蘆草，／倘有河水誘我，／我當前往」（第227首）。撇開相關注釋，這首短歌可有多重聯想：蘆葦受河水誘惑，順流而下，進行一趟無目的地之旅；蘆葦受河水誘惑，順流而下，進行一趟無回程之旅。前者可能是隨興的生之冒險；後者可能是淒美的死亡之約。對讀者而言，雋永的詩歌永遠具有開放式的詮釋空間。

九世紀初之前，日本只有語言而無文字，官方文書都使用漢字，以天皇為首的上流貴族皆精通漢文，也以創作漢詩為樂、為傲，許多漢詩文集奉敕編修而成。漢文學盛行，傳統和歌衰落，760年至840年這段時期遂成為文學史上的「國風暗黑時代」──日本和歌史上的黑暗時期。隨著「假名」（日本文字）的出現，有識之士力倡「復興本國文學」，以本國文字表達漢文無法淋漓盡致呈現的本國人民的思想與情感，和歌於是逐漸抬頭。僧正遍昭、在原業平、文屋康秀、小野小町等「六歌仙」以或古樸、或明快、或悲壯、或纏綿的筆法，為文壇注入新氣息，成為「和歌復興運動」的先驅，至九世紀末，宮廷或貴族邸宅陸續舉辦和歌賽、和歌會，鼓吹和歌創作，逐漸積累佳作，終有十世紀初這本《古今和歌集》的編成。

《古今和歌集》中的「歌語」（かご，即和歌常用的詞）
很快地融入平安王朝貴族的日常生活裡，成為他們表達情意
的共同語言。六卷「四季和歌」確立了日本哀憐風、花、雪、
月、蟲、鳥之美，細體季節變化之情的文學趣味與生命美
學。大量收入的「戀歌」成為後來以描寫男女戀情為主的諸
多物語、日記文學的前奏。

　　負責編撰《古今和歌集》的主要是紀貫之、紀友則、凡
河內躬恒、壬生忠岑這四位詩人（其中紀友則在書未編成前
即已過世）。紀貫之的假名序觸及了和歌的本質論、效果論、
起源論、歌體論、變遷論、對《萬葉集》二歌聖（柿本人麻
呂、山部赤人）與《古今和歌集》六歌仙的論評等，是第一
篇以日文寫成的詩學之作，也是日本文學批評的濫觴。紀淑
望執筆的真名序，則是紀貫之假名序大部分內容的再現。原
書中詩作選入最多者是四位編者自己——紀貫之102首，凡
河內躬恒60首，紀友則46首，壬生忠岑36首。其餘詩作選
入較多者包括素性法師（36首），在原業平（30首），伊勢（22
首，女詩人中最多者），藤原敏行（19首），小野小町（18
首），僧正遍昭、藤原興風、清原深養父（各17首），在原元
方（14首），大江千里（10首）等。除一二位詩人，拙譯《古
今和歌集：300首四季與愛戀交織的唯美和歌》中選譯的詩人
詩作比例大抵亦如此。

　　《萬葉集》、《古今和歌集》、《新古今和歌集》（1205年）
三書，並稱為日本文學史上三大和歌集。此本《古今和歌集：
300首四季與愛戀交織的唯美和歌》能夠趁《萬葉集：369首
日本國民心靈的不朽和歌》之熱，續由「黑體文化」精編、

精印出版，相信當能再度一飽喜愛詩歌與日本文學的讀者心
／眼之福。

2023 年 5 月 台灣花蓮

《古今和歌集》真名序

　　夫和歌者，託其根於心地，發其華於詞林者也。人之在世，不能無為，思慮易遷，哀樂相變。感生於志，詠形於言。是以逸者其聲樂，怨者其吟悲。可以述懷，可以發憤。動天地，感鬼神，化人倫，和夫婦，莫宜於和歌。

　　和歌有六義。一曰風，二曰賦，三曰比，四曰興，五曰雅，六曰頌。若夫春鶯之囀花中，秋蟬之吟樹上，雖無曲折，各發歌謠。物皆有之，自然之理也。

　　然而神世七代，時質人淳，情欲無分，和歌未作。逮于素盞鳴尊到出雲國，始有三十一字之詠。今反歌之作也。其後雖天神之孫，海童之女，莫不以和歌通情者。

　　爰及人代，此風大興，長歌、短歌、旋頭、混本之類，雜體非一，源流漸繁。譬猶拂雲之樹，生自寸苗之煙，浮天之波，起於一滴之露。至如難波津之什獻天皇，富緒川之篇報太子，或事關神異，或興入幽玄。但見上古歌，多存古質之語，未為耳目之翫，徒為教誡之端。

　　古天子，每良辰美景，詔侍臣，預宴筵者獻和歌。君臣之情，由斯可見，賢愚之性，於是相分。所以隨民之欲，擇士之才也。自大津皇子之初作詩賦，詞人才子慕風繼塵，移彼漢家之字，化我日域之俗。民業一改，和歌漸衰。然猶有先師柿本大夫者，高振神妙之思，獨步古今之間。有山部赤人者，並和歌仙也。其餘業和歌者，綿綿不絕。

及彼時變澆漓，人貴奢淫，浮詞雲興，艷流泉湧，其實皆落，其華孤榮，至有好色之家，以此為花鳥之使，乞食之客，以此為活計之謀。故半為婦人之右，難進大夫之前。

近代，存古風者，纔二三人，然長短不同，論以可辨：華山僧正，尤得歌體，然其詞華而少實，如圖畫好女，徒動人情。在原中將之歌，其情有餘，其詞不足，如萎花雖少彩色，而有薰香。文琳巧詠物，然其體近俗，如賈人之著鮮衣。宇治山僧喜撰，其詞華麗，而首尾停滯，如望秋月遇曉雲。小野小町之歌，古衣通姬之流也，然艷而無氣力，如病婦之著花粉。大友黑主之歌，古猿丸大夫之次也，頗有逸興，而體甚鄙，如田夫之息花前也。此外，氏姓流聞者，不可勝數，其大底皆以艷為基，不知和歌之趣者也。

俗人爭事榮利，不用詠和歌。悲哉悲哉。雖貴兼相將，富餘金錢，而骨未腐於土中，名先滅世上。適為後世被知者，唯和歌之人而已。何者，語近人耳，義慣神明也。

昔平城天子，詔侍臣令撰《萬葉集》。自爾以來，時歷十代，數過百年。其後，和歌棄不被採。雖風流如野宰相，輕情如在納言，而皆以他才聞，不以斯道顯。伏惟　陛下御宇，于今九載。仁流秋津洲之外，惠茂筑波山之陰。淵變為瀨之聲，寂寂閉口，砂長為巖之頌，洋洋滿耳。思繼既絕之風，欲興久廢之道。爰詔大內記紀友則，御書所預紀貫之，前甲斐少目凡河內躬恒，右衛門府生壬生忠岑等，各獻家集並古來舊歌，曰《續萬葉集》。於是重有詔，部類所奉之歌，敕為二十卷，名曰《古今和歌集》。

臣等，詞少春花之艷，名竊秋夜之長。況哉，進恐時俗

之嘲，退慚才藝之拙。適遇和歌之中興，以樂吾道之再昌。
嗟乎，人丸既沒，和歌不在斯哉。

于時，延喜五年歲次乙丑四月十五日，臣貫之等 謹序

紀淑望 筆

譯註：此篇「真名序」為以漢字書寫的《古今和歌集》之序，寫成於西
元905年（日本醍醐天皇延喜五年）。

春歌

Kokin Wakashū

在原元方（Ariwara no Motokata）

001〔卷一：1〕

舊歲未去，元旦
猶未來，而
立春已到——
該歸之為去年
或新的一年？

☆年の内に春は来にけり一年を去年とや言はむ今年とや言はむ
toshi no uchi ni / haru wa kinikeri / hitotose o / kozo to ya iwan /
kotoshi to ya iwan

譯者說：《古今和歌集》卷首這第一首短歌有題「歲暮立春」，讓人
想起數百年後俳聖松尾芭蕉（1644-1694）類似之作。1662年12月
29日是除夕前一天，又恰為「立春」日——舊歲猶未去，而「立春」
已先到，遂讓十九歲的芭蕉寫下他生平第一首俳句——「是春到，
或者／舊歲去——這恰逢／立春的小晦日？」（春やこし年や行けん
小晦日）。

19

紀貫之（Ki no Tsurayuki）

002〔卷一：2〕
夏日浸袖水，
秋冬結成
冰──今日
立春到，解凍
有東風……

☆袖ひぢてむすびし水のこほれるを春立つ今日の風やとくらむ
sode hijite / musubishi mizu no / kōoreru o / haru tatsu kyō no / kaze
ya tokuran

譯者說：此詩有題「詠立春」。《禮記‧月令》：「孟春之月，東風解
凍。」

佚名

003 〔卷一：3〕
　　春靄
　　何處來——啊，
　　非從吉野山，
　　吉野山上雪花
　　依然紛紛降

☆春霞立るやいつこみよしのの吉野のの山に雪は降りつつ
harugasumi / tateru ya izuko / miyoshino no / yoshino no yama ni /
yuki wa furitsutsu

素性法師（Sosei）

004 〔卷一：6〕
方立春，
黃鶯誤將雪花
作春花，
白雪枝上
嚶嚶鳴

☆春立てば花とや見らむ白雪のかかれる枝に鶯の鳴く
haru tateba / hana to ya miran / shirayuki no / kakareru eda ni / uguisu
no naku

譯者說：此詩有題「雪落樹枝」。

佚名

005 〔卷一：7〕
　　我心渴盼
　　春花，深為其
　　所染——伸手
　　欲折枝，枝上
　　雪花似春花

☆心ざし深く染めてし折りければ消えあへぬ雪の花と見ゆらむ
kokorozashi / fukaku someteshi / orikereba / kieaenu yuki no / hana
to miyuran

文屋康秀（Funya no Yasuhide）

006〔卷一：8〕
春日陽光
沐我身，
雪花忽降，
我髮花白
讓人悲

☆春の日の光にあたる我なれどかしらの雪となるぞわびしき
haru no hi no / hiakari ni ataru / ware naredo / kashira no yuki to / naru zo wabishiki

譯者說：此詩有題「二條后為東宮御息所時，正月三日，召在下賦詩，晴日當空，雪忽落頭上，乃奉命詠歌一首」。二條后（藤原高子）於869年為清和天皇生下東宮（後來的陽成天皇），被稱為「東宮御息所」。

24

壬生忠岑（Mibu no Tadamine）

007〔卷一：11〕
　　人說
　　春已到──
　　未聞黃鶯
　　鳴，如何有
　　春意？

☆春来ぬと人は言へども鶯の鳴かぬかぎりはあらじとぞ思ふ
haru kinu to / hito wa iedomo / uguisu no / nakanu kagiri wa / araji to
zo omou

譯者說：此詩有題「初春之歌」。

源當純（Minamoto no Masazumi）

008〔卷一：12〕

谷風融冬冰，
溪水湧擊，自
每一縫隙
迸出浪花——
春天最初的花

☆谷風に溶くる氷の隙間毎に打ち出る波や春の初花

tani kaze ni / tokuru kōri no / hima goto ni / uchiizuru nami ya / haru
no hatsu hana

譯者說：此詩有題「寬平帝時後宮歌會時所作」。寬平是宇多天皇年
號（889年至898年）。歌會，即日文「歌合」，或譯和歌競詠會、賽
詩會。底下兩首（第9、第10首譯詩）亦作於此歌會。日文原詩中
的「初花」指春天最先開的花。

26

紀友則（Ki no Tomonori）

009〔巻一：13〕
以風為翼
四處發送花香
邀引黃鶯
出來與
春天約會

☆花の香を風のたよりにたぐへてぞ鶯さそふしるべにはやる
hana no ka o / kaze no tayori ni / taguete zo / uguisu sasou / shirube ni
wa yaru

在原棟樑（Ariwara no Muneyana）

010〔卷一：15〕
　　　立春已過，山裡
　　　不見花爭妍
　　　奪麗——黃鶯
　　　唱起歌來
　　　也沒力氣

☆春立てど花もにほはぬ山里は物憂かる音に鶯ぞ鳴く
haru tatedo / hana mo niowanu / yamazato wa / monoukaru ne ni /
uguisu zo naku

佚名

011〔卷一：17〕

　　春日野——
　　今天暫且別把
　　草燒了，我嫩草般的
　　嬌妻藏身在那兒，
　　我也是呢……

☆春日野は今日はな焼きそ若草のつまもこもれり我もこもれり
kasugano wa / kyō wa na yaki so / wakakusa no / tsuma mo komoreri
/ ware mo komoreri

譯者說：此首無名氏短歌以天地為屋宇，闢春日野草床為一日野外
免費賓館，是古來重情趣、圖方便的人類固有之智慧，亦是環保、
綠建築、綠生活的先驅實踐。

佚名

012〔巻一：19〕
　　深山
　　松雪未消──
　　都城原野上
　　嫩菜青青
　　誘人摘

☆深山には松の雪だに消え無くに都は野辺若菜摘みけり
miyama ni wa / matsu no yuki dani / kienaku ni / miyako wa nobe no
/ wakana tsumikeri

仁和帝（Ninna Mikado）

013〔卷一：21〕
　　　為君，來到
　　　春日原野
　　　採嫩菜——
　　　白雪紛紛
　　　飄落我衣袖

☆君がため春の野に出でて若菜摘む我が衣手に雪は降りつつ
kimi ga tame / haru no no ni idete / wakana tsumu / waga koromode
ni / yuki wa furitsutsu

譯者說：此詩有前書「仁和帝（光孝天皇）為親王時賜某人嫩菜時
所作之歌」。詩中的「君」指受贈之人。此詩後被選入藤原定家
（1162-1241）所編知名和歌選集《小倉百人一首》中。

在原行平（Ariwara no Yukihira）

014〔卷一：23〕
　　春天穿著
　　緯絲極薄的
　　霞衣——
　　山風若起，
　　勢必將其吹亂

☆春のきる霞の衣緯を薄み山風にこそ乱るべらなれ
haru no kiru / kasumi no koromo / nukio usumi / yamakaze ni koso /
midaru beranare

譯者說：詩中此之「霞」指春靄、薄霧。

源宗于（Minamoto no Muneyuki）

015〔巻一：24〕
　　即便松樹
　　常緑──
　　春來時
　　新葉鮮嫩
　　色更緑

☆常磐なる松のみどりも春くれば今ひとしほの色まさりけり
Tokiwa naru / matsu no midori mo / haru kureba / ima hitoshio no /
iro masarikeri

紀貫之（Ki no Tsurayuki）

016〔卷一：25〕
　　濯我夫君的
　　衣服——
　　一場春雨
　　把田野
　　洗得更綠了

☆我が背子が衣はる雨ふるごとに野辺の緑ぞ色まさりける
waga seko ga / koromo haru ame / furu goto ni / nobe no midori zo /
iro masarikeru

僧正遍昭（Henjō）

017〔卷一：27〕
　　春柳
　　淺綠的枝條
　　串連透明的露水
　　如顆顆
　　珠玉……

☆淺綠系縒りかけて白露を玉にも貫ける春の柳か
asamidori / ito yorikakete / shiatsuyu o / tama ni mo nukeru / haru no
yanagi ka

譯者說：此詩有題「詠西大寺邊柳」。

伊勢（Ise）

018〔卷一：31〕
　　春霞繚繞，
　　雁子卻捨我們
　　而去——它們只
　　習慣住無花之里
　　所以北歸嗎？

☆春霞立つを見捨ててゆく雁は花なき里に住みやならへる
harugasumi / tatsu o misutete / yuku kari wa / hana naki sato ni / sumi
ya naraeru
譯者說：此詩有題「詠歸雁」。

佚名

019〔卷一：32〕
　　折梅——
　　花香滿袖殘留，
　　黃鶯繞著我袖
　　鳴唱，它以為袖裡
　　藏著一座花園

☆折りつれば袖こそ匂へ梅の花ありとやここに鶯の鳴く
oritsureba / sode koso nioe / ume no hana / ari to ya koko ni / uguisu
no naku

佚名

020 〔卷一：33〕
　　花香
　　比花色更惹人
　　愛憐──誰的袖子啊
　　被我庭梅所觸，
　　餘香令我迷……

☆色よりも香こそあはれと思ほゆれ誰が袖ふれし宿の梅ぞも
iro yori mo / ka koso aware to / omōyure / ta ga sode fureshi / yado
no ume zo mo

佚名

021〔卷一：34〕
　　我絕不會再於我
　　住處附近植
　　梅花了──花香讓我
　　誤以為是我等候的
　　那人袖底之香

☆宿近く梅の花植ゑじあぢきなく待つ人の香にあやまたれけり
yado chikaku / ume no hana ueji / ajikinaku / natsu hito no ka ni /
ayamatarekeri

東三條左大臣源常（Minamoto no Tokiwa）

022〔卷一：36〕
　　如果黃鶯可以
　　縫織梅花笠
　　遮頂——我為什麼
　　不能折梅花為簪，
　　稍隱我龍鍾老態？

☆鶯の笠に縫ふといふ梅の花折りてかざさむ老い隠るやと
uguisu no / kasa ni nū chō / ume no hana / orite kazasan / oi kakuru ya to

譯者說：此詩是《古今和歌集》卷二十裡，無名氏所寫的一首著名短歌的變奏（參見本書第298首譯詩）。

紀貫之（Ki no Tsurayuki）

023〔卷一：39〕
　　　梅花香
　　　四散……春夜
　　　黑闇中越暗部山
　　　撲鼻梅香暗示你
　　　梅花在焉

☆梅の花匂ふ春べは暗部山闇に越ゆれどしるくぞありける
ume no hana / niou harbe wa / kurabu yama / yami ni koyuredo /
shiruku zo arikeruka

譯者說：此詩有題「詠於暗部山」。紀貫之借用了地名中的「暗」
字，強化詩意。

凡河內躬恒（Ōshikōchi no Mitsune）

024〔卷一：40〕

月夜銀光
耀，難辨
梅花白──
暗香浮夜空
循香知花蹤

☆月夜にはそれとも見えず梅の花香を尋ねてぞ知るべかりける
tsuki yo ni wa / sore to mo miesu / ume no hana / ka o tazunete zo / shirubekarikeru

譯者說：此詩有題「月夜，有人盼折梅相贈，遂折而詠之」。

紀貫之（Ki no Tsurayuki）

025〔卷一：42〕

　　我不能確知
　　故人如今
　　所思為何——
　　但故土的梅花
　　芬芳依然……

☆人はいさ心も知らずふるさとは花ぞ昔の香ににほひける
hito wa isa / kokoro mo shirazu / furusato wa / hana zo mukashi no /
ka ni nioikeru

譯者說：詩人每次到初瀨參拜長谷寺時都會投宿於同一家旅店，此次因相隔頗長一段時間方來參拜，旅店女主人送傳話說「我家如昔，未嘗有變」，意指詩人久未光臨，應是先前改宿別家。詩人聞言，乃折庭中梅花一枝，詠此歌以覆。此首短歌後亦被選入藤原定家所編《小倉百人一首》中。

伊勢（Ise）

026〔卷一：43〕
年年春天，我分不清
水邊梅花與
水中花影——欲折
水中梅，又一次
浸濕了衣袖

☆春ごとにながるる川を花と見て折られぬ水に袖やぬれなむ
haru goto ni / nagaruru kawa o / hana to mite / orarenu mizu ni / sode ya nurenan

譯者說：此詩有題「詠水邊梅開」。

紀貫之（Ki no Tsurayuki）

027〔卷一：45〕
　　不管天黑天亮
　　我鎮日貪看梅花，
　　目不轉睛——
　　啊，到底在哪一瞬間
　　它們失察，散落……

☆暮ると明くと目かれぬものを梅の花いつの人まに移ろひぬらむ

kureru to aku to / me karenu mono o / ume no hana / itsu no hitoma ni
/ utsuroinuran

譯者說：此詩有題「詠家中梅花落」。

素性法師（Sosei）

028〔卷一：47〕
　　梅花當落
　　即落吧，無須攀折
　　悲嘆──但花香
　　在我袖間流連不去，
　　讓我懊惱

☆散ると見てあるべき物を梅の花たて匂ひの袖に留まれる
chiru to mite / aru beki mono o / ume no hana / utate nioi no / sode ni
tomareru

譯者說：此詩有題「寬平帝時後宮歌會時所作」。

前太政大臣藤原良房（Fujiwara no Yoshifusa）

029〔卷一：52〕

　　歲月催人老——
　　幸能歷久彌新，
　　當我看見
　　這些櫻花時
　　我的憂思盡消

☆年経れば齢は老いぬ然はあれど花をし見れば物思ひも無し
toshi fureba / yowai wa oinu / shika wa aredo / hana o shi mireba /
mono omoi mo nashi

譯者說：此詩有題「見染殿后御前瓶中櫻花而詠」。染殿后，即藤原明子（829-900），為文德天皇之妃，也是此詩作者藤原良房（804-872）之女。此詩既詠嘆櫻花之美，也頌讚詩人亮麗、貴氣，當時三十歲的女兒。

在原業平（Ariwara no Narihira）

030〔卷一：53〕

　　　如果有一天
　　　這世上再無櫻花
　　　開放，我們的
　　　春心或可
　　　稍稍識得平靜

☆世の中にたえて桜のなかりせば春の心はのどけからまし

yo no naka ni / taete sakura no / nakariseba / haru no kokoro / wa
nodokekaramashi

譯者說：此詩亦見於《伊勢物語》第八十二段。

伊勢（Ise）

031〔卷一：61〕
　　春日加長的
　　今年的櫻花啊，
　　但願此番你能飽足
　　人們戀花之心，
　　不要急著謝落

☆桜花春加はれる年だにも人の心にあかれやはせぬ
sakurabana / haru kuwawareru / toshi dani mo / hito no kokoro ni /
aka reya wa senu

譯者說：此詩有題「為今年三月閏月而詠」。

紀有朋（Ki no Aritomo）

032 〔巻一：66〕
我要用
櫻色深染
我衣——
花落後，猶能
著衣回味花顔

☆桜色に衣は深く染めて着む花の散りなむのちの形見に
sakura iro ni / koromo wa fukaku / somete kin / hana no chirinan /
nochi no katami ni

凡河內躬恒（Ōshikōchi no Mitsune）

033〔卷一：67〕
　　寒舍庭櫻
　　落盡後，我當
　　想念那些
　　專為櫻花來訪的
　　賞花人

☆わが宿の花見がてらに来る人は散りなむ後ぞ恋ひしかるべき
waga yado no / hanami gatera ni / kuru hito wa / chirinan nochi zo /
koishikaru bekii

佚名

034〔卷二：72〕
今夜恐須投宿於
此村中——
被繽紛亂舞的
櫻花所迷
我忘了歸路

☆この里に旅寝しぬべし桜花散りのまがひに家路忘れて
kono sato ni / tabine shinu beshi / sakurabana / chiri no magai ni / ieji wasurete

素性法師（Sosei）

035〔卷二：76〕
　　　風吹花四散——
　　　有誰知道風的
　　　住所？
　　　告訴我！
　　　我將找它痛罵

☆花散らす風の宿りは誰か知る我に教へよ行きて恨みむ

hana chirasu / kaze no yadori wa / dare ka shiru / ware ni oshieyo /
yukite uramin

譯者說：此詩有題「見櫻花散落」。

藤原因香（Fujiwara no Yoruka）

036〔卷二：80〕
　　悩病垂簾
　　閉屋，不知
　　春之行蹤——殷殷
　　猶待櫻開，豈料
　　春花已落

☆たれこめて春の行方も知らぬ間に待ちし桜も移ろひにけり
tarekomete / haru no yukue mo / shiranu ma ni / machishi sakura mo /
utsuroinikeri

譯者說：此詩有題「惱病心厭煩，垂簾避風，幽居屋內，見折下之
櫻枝花散而詠」。

紀貫之（Ki no Tsurayuki）

037〔卷二：83〕
　　我不信
　　櫻花散落的速度
　　快過一切——
　　人心不待風吹，
　　須臾已翻覆

☆桜花とく散りぬとも思ほえず人の心ぞ風も吹きあへぬ

sakurabana / toku chirinu tomo / omōezu / hito no kokoro zo / kaze mo fukiaenu

譯者說：此詩有題「聞人言『無物比櫻花散落速度快』而詠」。

藤原好風（Fujiwara no Yoshikaze）

　038〔卷二：85〕
　　　春風啊，吹送時
　　　請繞開
　　　櫻花——我想
　　　知道它們飄落
　　　是否由衷

☆春風は花のあたりを避ぎて吹け心づからや移ろふと見む

haru kaze wa / hana no atari o / yogite fuke / kokorozu kara ya /
utsurou to min

譯者說：此詩有題「於東宮帶刀舍人處見落櫻而詠」。

凡河內躬恒（Ōshikōchi no Mitsune）

039〔卷二：86〕

櫻花如
雪花般靜靜飄散
已讓人心憐──
更何況狂風
恣意吹

☆雪とのみ降るだにあるを桜花如何に散れとか風の吹くらむ

yuki to nomi / furu dani aru o / sakurabana / ika ni chire to ka / kaze
no fuku ran

譯者說：此詩有題「詠櫻落」。

紀貫之（Ki no Tsurayuki）

040〔卷二：89〕

風吹櫻花
落，餘波猶
蕩漾——無水
天空中，花
浪翩躚起

☆桜花散りぬる風の余波には水無な空に浪ぞ立ちける

sakurabana / chirinuru kaze no / nagori ni wa / mizu naki sora ni /
nami zo tachikeru

譯者說：此詩有題「亭子院歌會時所詠」。亭子院是宇多天皇讓位後
之居所，此歌會舉行於913年，而《古今和歌集》編成於905年，一
般認為此歌乃書成後補錄。

僧正遍昭（Henjō）

041〔卷二：91〕
　　春花被霧靄
　　所掩，山風啊，
　　如果你不能揭示
　　花色，起碼為我們
　　偷來花香吧

☆花の色は霞にこめて見せずとも香をだにぬすめ春の山風
hana no iro wa / kasumi ni komete / misezu tomo / ka o dani nusume /
haru no yama kaze

譯者說：此詩有題「春歌」，署名「良岑宗貞」，是僧正遍昭出家前
之作。

佚名

042〔卷二：93〕
　　春色到來
　　無分此村
　　彼村，然而
　　卻見此處花開
　　彼處花不開

☆春の色の至り至らぬ里はあらじ咲ける咲かざる花の見ゆらむ
haru no iro no / itari itaranu / sato wa araji / sakeru sakazaru / hana no miyuran

素性法師（Sosei）

043〔卷二：95〕
　　　來去矣
　　　今日，深入
　　　春山遊——夕暮
　　　若降臨，何妨
　　　花影下眠

☆去来今日は春の山辺にまじりなむ暮れなばなげの花の影かは
iza kyō wa / haru no yamabe ni / majiri nan / kurenaba nage no / hana
no kage ka wa

譯者說：此詩有題「於雲林院親王處賞花繞至北山邊時所詠」。北山
指京都北部山區。

素性法師（Sosei）

044〔卷二：96〕

野外賞花
之心，何時
迄？花若
不凋散，
千年不忍棄

☆何時迄か野辺に心のあくがれむ花し散らずは千代もへぬべし
itsu made ka / nobe ni kokoro no / akugaren / hana shi chirazuba /
chiyo mo henu beshi

譯者說：此詩有題「春歌」。

佚名

045〔卷二：99〕
　　疾疾吹起的
　　風啊，我與你
　　一事相約──請你
　　繞道而行，避開
　　此株櫻！

☆吹く風にあつらへつくる物ならば此一本は避ぎよと言はまし
fuku kaze ni / atsuraetsukuru / mono naraba / kono hito moto wa /
yogiyo to iwamashi

63

藤原興風（Fujiwara no Okikaze）

046〔卷二：102〕
　　春霞色
　　萬千――
　　千萬朵山中
　　花影
　　映現其間

☆春霞色のちくさに見えつるはたなびく山の花の影かも

harugasumi / iro no chikusa ni / mietsuru wa / tanabiku yama no /

hana no kage kamo

譯者說：此詩有題「寬平帝時後宮歌會時所作」。

春澄洽子（Haruzumi no Amaneiko）

047〔卷二：107〕
　　如果哀鳴
　　能阻止
　　櫻花凋落──
　　我的哭聲
　　不會輸給黃鶯

☆散る花の鳴くにしとまる物ならば我鶯におとらましやは
chiru hana no / naku ni shi tomaru / mono naraba / ware uguisu ni /
otoramashi ya wa

譯者說：春澄洽子，即《古今和歌集》裡標示的「典侍洽子朝臣」。

佚名

048 〔卷二：111〕
　　我們並轡
　　前行，來去
　　故都一遊吧——
　　奈良櫻花
　　正飄散如吹雪

☆駒並めて去来見に行かむ故里は雪とのみこそ花は散るらめ
koma namete / iza mi ni i yukan / furusato wa / yuki to nomi koso /
hana wa chirurame

小野小町（Ono no Komachi）

049〔卷二：113〕
花色
已然褪去，
在長長的春雨裡，
我也將在悠思中
虛度這一生

☆花の色は移りにけりないたづらにわが身世にふるながめせし
まに

hana no iro wa / utsurinikeri na / itazura ni / waga mi yo ni furu /
nagame seshi mani

譯者說：此詩後亦被選入藤原定家所編知名選集《小倉百人一首》。

素性法師（Sosei）

050〔卷二：114〕
　　　　但願將惜花的
　　　　心思撚為
　　　　心絲，貫連片片
　　　　散落的花瓣
　　　　繫留枝上

☆惜しと思ふ心は糸に縒られなむ散る花ごとに貫きてとどめむ
oshi to omou / kokoro wa ito ni / yorarenan / chiru hana goto ni /
nukite to tome mu

譯者說：此詩有題「仁和時於中將御息所家中歌會時所詠」。「御息
所」指天皇寢宮之侍女生有皇子者，「中將」為其父兄之官職，此處
指誰不詳。

紀貫之（Ki no Tsurayuki）

051〔卷二：117〕
夜宿
春山邊，
夢中櫻花
依然落
紛紛……

☆宿りして春の山辺に寝たる夜は夢の内にも花ぞ散りける
yadori shite / haru no yamabe ni / netaru yo wa / yume no uchi ni mo
/ hana zo chirikeru

譯者說：此詩有題「謁宿山寺」。

紀貫之（Ki no Tsurayuki）

052〔卷二：118〕
　　　若無山風
　　　吹花落，山谷
　　　溪水勤運送──
　　　隱開深山之花，豈能
　　　漂現在眼前？

☆吹く風と谷の水としなかりせばみ山隠れの花を見ましや
fuku kaze to / tani no mizu to shi / nakariseba / miyamakakure no /
hana o mimashi ya

譯者說：此詩有題「寬平帝時後宮歌會時所作」。

僧正遍昭（Henjō）

053〔卷二：119〕
　　她們匆匆而來，
　　匆匆將歸——
　　藤花啊，伸出你的
　　蔓纏留她們，
　　即使枝斷

☆よそに見て帰らむ人に藤の花はひまつはれよ枝は折るとも
yoso ni mite / kaeran hito ni / fuji no hana / haimatsuware yo / eda wa
oru tomo

譯者說：此詩有題「仕女們自志賀歸家，途中入花山寺謁藤花，遂
詠此以贈」。花山寺（亦稱元慶寺），在京都市山科區，僧正遍昭在
此任住持。

凡河內躬恒（Ōshikōchi no Mitsune）

054 〔卷二：120〕
　　　我家庭前
　　　藤花開，紫浪
　　　後浪推前浪──行人
　　　流連頻回首，被
　　　美波及不忍離

☆我が宿に咲ける藤波立ち返りすぎがてにのみ人の見るらむ
waga yado ni / sakeru fujinami / tachikaeri / sugikate ni nomi / hito no miru ran

譯者說：此詩有題「寒舍藤花盛開，行人駐足而觀」。

佚名

055〔卷二：122〕
　　春雨潤棣棠，
　　花色鮮耀
　　看不厭──
　　花香幽幽更
　　惹人憐

☆春雨に匂へる色もあかなくに香さへなつかし山吹の花
harusame ni / nioeru iro mo / akanaku ni / ka sae natsukashi /
yamabuki no hana

譯者說：日語「山吹の花」即棣棠花。

佚名

056 〔卷二：123〕
棣棠花啊，棣棠花，
有理由請你
暫莫綻放——
昔日同心栽花者
今宵無意來看你

☆山吹はあやなな咲きそ花見むと植ゑけむ君が今宵来なくに
yamabuki wa / ayana na saki so / hana min to / ueken kimi ga / koyoi konaku ni

74

佚名

057〔卷二：125〕
　　井手蛙仍鳴，
　　棣棠已飄零……
　　早知早來逢
　　花盛，蛙聲花色
　　齊亮我耳目

☆蛙鳴く井手の山吹散りにけり花の盛りに逢はましものを
kawazu naku / ide no yamabuki / chirinikeri / hana no sakari ni /
awamashi mono o

譯者說：井手，在京都府綴喜郡，以棣棠花與蛙鳴知名。

素性法師（Sosei）

058〔卷二：126〕
　　　一心但思知己
　　　三五，春日
　　　春山邊同遊——
　　　日暮四野隨意宿，
　　　七八星斗夢中浮

☆思ふどち春の山辺にうち群れてそことも言はぬ旅寝してしが
omoudochi / haru no yamabe ni / uchimurete / soko to mo iwanu /
tabine shite shi ga

譯者說：此詩有題「春歌」。

藤原興風（Fujiwara no Okikaze）

059〔卷二：131〕
　　黃鶯啊，不要停下
　　你的歌聲，能鳴
　　且長鳴——
　　你我心知肚明，春天
　　不會一年兩度臨

☆声絶えず鳴けや鶯一年に再びとだに来べき春かは
koe taezu / nake ya uguisu / hitotose ni / futatabi to dani / kubeki haru
ka wa

譯者說：此詩有題「寬平帝時後宮歌會時所作」。

在原業平（Ariwara no Narihira）

060〔卷二：133〕
　　年內好春
　　剩幾日？
　　雨中強折
　　藤花枝，不怕
　　衣衫濕……

☆濡れつつぞ強ひて折りつる年の内に春は幾日もあらじと思へ
ば

nuretsutsu zo / shiite oritsuru / toshi no uchi ni / haru wa ikuka mo /
araji to omoeba

譯者說：此詩有題「三月最後一日，雨中折藤花贈人」。

78

夏歌

佚名

061 〔卷三：135〕
　　我家庭院
　　池畔藤花已
　　盛開——紫浪
　　婀娜擺，布穀鳥啊
　　你幾時來歌唱？

☆我が宿の池の藤波咲きにけり山郭公いつか来鳴かむ

waga yado no / ike no fujinami / sakinikeri yama hototogisu / itsu ka
kinakan

譯者說：藤花為晚春之花，布穀鳥則為初夏、仲夏鳴鳥，此首短歌
因此呈現由春入夏之景。此詩一說為《萬葉集》歌人柿本人麻呂所
作。

佚名

062 〔卷三：137〕

　　待五月到
　　好引吭的布穀鳥啊，
　　何不現在就振翅
　　高鳴——即使聲音
　　仍是去年的聲音

☆五月待つ山郭公うちはぶき今も鳴かなむ去年のふる声
satsuki matsu / yama hototogisu / uchi habuki / ima mo nakanan /
kozo no furugoe

伊勢（Ise）

063 〔卷三：138〕
　　　到了五月
　　　布穀鳥的歌聲
　　　將不復稀奇，
　　　我願早日
　　　聽它新鮮鳴

☆五月来ば鳴きもふりなむ郭公まだしきほどの声を聞かばや
satsuki koba / naki mo furinan / hototogisu / madashiki hodo no / koe
o kikabaya

佚名

064〔卷三：139〕

待五月而開的
橘花，香氣撲鼻
令我憶起
昔日舊人
袖端的香氣

☆五月待つ花橘の香をかげば昔の人の袖の香ぞする

satsuki matsu / hana tachibana no / kao kageba / mukashi no hito no /
sode no ka zo suru

譯者說：此首無名氏所寫的短歌是傳播甚廣、非常優美的名作，亦見於《伊勢物語》第六十段。

素性法師（Sosei）

065 〔卷三：143〕
　　聽布穀鳥不請
　　自來的初鳴
　　讓我心悲──
　　雖無可戀之人，
　　我心滿覆愛意……

☆郭公初声聞けばあぢきなく主さだまらぬ恋せらるはた
hototogisu / hatsukoe kikeba / ajikinaku / nushi sadamaranu / koe
seraru hata

譯者說：此詩有題「聞布穀鳥初鳴而詠」。

佚名

066〔卷三：145〕
　　　夏山間鳴唱的
　　　布穀鳥啊，請同情
　　　同情我——你的
　　　悲歌讓悲愁的我
　　　更愁

☆夏山に鳴く郭公心あらば物思ふ我に声な聞かせそ
natsu yama ni / naku hototogisu / kokoro araba / mono omou ware ni / koe na kikase so

大江千里（Ōe no Chisato）

067〔卷三：155〕

你棲居的花橘，
花開正繁茂——
布穀鳥啊，何以
你的歌聲
已絕？

☆宿りせし花橘も枯れなくになど郭公声絶えぬらむ

yadori seshi / hana tachibana mo / karenaku ni / nado hototogisu / koe
taenu ran

譯者說：此詩有題「寬平帝時後宮歌會時所作」。底下第68首譯詩
亦是。

紀貫之（Ki no Tsurayuki）

068 〔卷三：156〕
　　夏夜甫
　　臥眠，布穀鳥
　　一聲驚天
　　鳴——
　　東方已明

☆夏の夜の臥すかとすれば郭公鳴く一声に明くるしののめ
natsu no yo no / fusu ka to sureba / hototogisu / naku hitokoe ni /
akuru shinonome

凡河內躬恒（Ōshikōchi no Mitsune）

069〔卷三：164〕

布穀鳥啊，
你非我，但亦感
短暫如水晶花的
此浮世憂患，
邊飛渡邊悲鳴

☆郭公我とはなしに卯の花の憂き世の中に鳴き渡るらむ

hototogisu / ware to wa nashi ni / unohana no / ukiyo no naka ni /
nakiwataru ran

譯者說：此詩有題「聞布穀鳥鳴而詠」。日語「卯の花」（unohana）
中文名為水晶花，在此詩中以「u」音與「憂き世」（ukiyo）一詞連
結，為其「枕詞」（冠於特定詞語前，用於修飾，增強氛圍或調整語
句的詞語）。

僧正遍昭（Henjō）

070〔卷三：165〕
　　蓮葉出污泥
　　而心不染，
　　白露因何
　　以晶瑩
　　欺作珠玉？

☆蓮葉の濁りに染まぬ心もてなにかは露を玉とあざむく

hachisuba no / nigori ni shimanu / kokoro mote / nani ka wa tsuyu o /
tama to azamuku

譯者說：此詩有題「見蓮葉露珠」。

凡河內躬恒（Ōshikōchi no Mitsune）

071〔卷三：167〕

　　　　常夏花開，
　　　　啊，它的花床
　　　　是阿妹與我初共寢的
　　　　眠床——怎忍見
　　　　其惹塵埃？

☆塵をだに据すゑじとぞ思ふ咲きしより妹と我が寝る常夏の花
chiri o dani / sueji to zo omou / sakishi yori / imo to waga nuru /
tokonatsu no hana

譯者說：此詩有題「鄰人來乞常夏花，因惜花而未折，詠此歌以
贈」。常夏花（常夏の花），夏秋之間開花，日本秋之七草之一，古
稱「撫子」。在此詩中「常夏」（toko）與「床」（toko）同音，為「掛
詞」（雙關語），而「床」與「寝る」（nuru）為「緣語」（相關語）。

91

凡河內躬恒（Ōshikōchi no Mitsune）

072〔卷三：168〕

今夜，夏秋兩季
在天空之道
相交擦身而過──
從秋的那半面
涼風吹來

☆夏と秋と行きかふ空のかよひぢは片側涼しき風や吹くらむ
natsu to aki to / yukikau sora no / kayoiji wa / katae suzushiki / kaze
ya fuku ran

譯者說：此詩有題「六月最後一日」，為《古今和歌集》卷三「夏歌」
中最後一首短歌。

秋歌

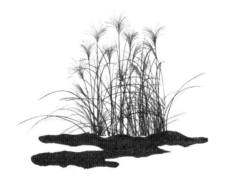

藤原敏行（Fujiwara no Toshiyuki）

073〔卷四：169〕

　　我的眼睛看不清
　　是否秋天已至
　　但風聲讓我
　　驚覺——
　　秋意在焉

☆秋来ぬと目にはさやかに見えねども風の音にぞ驚かれぬる
aki kinu to / me ni wa sayaka ni / mienedomo / kaze no oto ni zo /
odorokarenuru

譯者說：此詩有題「詠立秋之日」，為《古今和歌集》卷四「秋歌上」
第一首短歌。

佚名

074 〔卷四：171〕

　　我夫君的衣裾
　　被風掀動
　　露出華美內裡——
　　啊，珍奇的
　　第一陣秋風

☆我が背子が衣の裾を吹き返しうら珍しき秋の初風

waga seko ga / koromo no suso o / fukikaeshi / uramezurashiki / aki
no hatsukaze

佚名

075〔巻四：172〕
　　昨日才插
　　秧苗，
　　轉眼間
　　秋風一吹──稻葉
　　窸窸窣窣搖曳

☆昨日こそ早苗とりしか何時の間に稲葉そよぎて秋風の吹く
kinō koso / sanae torishika / itsuno ma ni / inaba soyogite / akikaze no
fuku

佚名

076 〔卷四：173〕
　　秋風一吹
　　七月來到，
　　我無一日不佇立
　　天河岸邊
　　等候郎至

☆秋風の吹きにし日より久方の天の河原に立たぬ日はなし
akikaze no / fukinishi hi yori / hisakata no / ama no kawara ni / tatanu
hi wa nashi

譯者說：此詩寫秋風吹起，七月一到，等待七夕與牛郎相會的織女
內心焦急之情。

佚名

077〔卷四：175〕
織女期待
秋天到──紅葉
禮豐厚，落聚
成橋，銀河喜渡
會牛郎

☆天河紅葉を橋に渡せばや織女つめの秋をしも待つ
ama no gawa / momiji o hashi ni / wataseba ya / tanabata tsu me no /
aki o shi mo matsu

佚名

078〔卷四：176〕
　　渴盼又渴盼的
　　相逢夜，今宵終
　　成真——銀河上的
　　霧啊，終宵縈繞莫散
　　莫讓天明

☆恋ひ恋ひて逢ふ夜は今宵天の河霧立ちわたり明けずもあらなむ

koikoite / au yo wa koyoi / ama no kawa / kiri tachiwatari / akezu mo aranan

源宗于（Minamoto no Muneyuki）

079〔卷四：182〕
如今終須
一別——銀河
水未渡，
淚珠搶先晨露
濕我衣袖

☆今はとて別るる時は天の河渡らぬ先に袖ぞ漬ちぬる
ima wa to te / wakaururu toki wa / ama no gawa / wataranu saki ni /
sode zo hichinuru

譯者說：此詩有題「七夕翌曉」。

佚名

080〔卷四：186〕

　　秋天揪團當非
　　只揪
　　我一人──但何以
　　秋蟲之鳴如是揪
　　心，令我最先悲？

☆我がためにくる秋にしもあらなくに虫の音聞けばまづぞかな
しき

waga tame ni / kuru aki ni shimo / aranaku ni / mushi no ne kikeba /
mazu zo kanashiki

大江千里（Ōe no Chisato）

081〔卷四：193〕

　　舉頭望
　　秋月，心生
　　千千悲──
　　雖然秋，確然
　　非我一人獨有

☆月見れば千千に物こそ悲しけれ我が身一つの秋にはあらねど
tsuki mireba / chiji ni mono koso / kanashikere / waga mi hitotsu no /
aki ni wa aranedo

譯者說：此詩有題「是貞親王家歌會時所詠」，是貞親王是光孝天皇
的次子。此詩後亦被選入知名選集《小倉百人一首》。

在原元方（Ariwara no Motokata）

082〔卷四：195〕
　　秋夜月光
　　皎亮，即便
　　陰森森的暗部山
　　今夜也坦白承認
　　其為坦途

☆秋の夜の月の光しあかければ暗部山も越えぬべらなり
aki no yo no / tsuki no hikari shi / akakereba / kurabu no yama mo /
koenuberanari

譯者說：此詩有題「詠月」。

104

佚名

083 〔卷四：201〕
　　　秋野
　　　迷歸途，
　　　松蟲鳴叫
　　　待我處──欣然
　　　倒身宿

☆秋の野に道も迷ひぬ松虫の声する方に宿やからまし
aki no no ni / michi mo madoinu / matsu mushi no / koe suru kata ni /
yado ya karamashi

譯者說：松蟲，秋天鳴蟲之一。松蟲的「松」與等待的「待」（待つ）
發音同為「まつ」（matsu），松蟲鳴因而有等待人來之意。

佚名

084〔卷四：203〕
　　我園
　　紅葉散落
　　滿地，松蟲
　　唧唧鳴不停──
　　啊，究竟等待誰

☆紅葉の散りて積れる我が宿に誰をまつ虫ここら鳴くらむ
momijiba no / chirite tsumoreru / waga yado ni / dare o matsu mushi /
kokora nakuran

佚名

085 〔卷四：210〕
　　春霞中
　　消聲飛去的
　　雁鳥──又穿過
　　秋霧
　　飛鳴而出……

☆春霞かすみていにし雁がねは今ぞ鳴くなる秋霧の上に
harugasumi / kasumite inishi / kari ga ne wa / ima zo naku naru / aki
kiri no ue ni

佚名

086 〔卷四：217〕
　　秋日萩花
　　枝茂
　　絆倒野鹿──鹿影
　　無蹤，哀鳴聲
　　清亮入耳

☆秋萩をしがらみ伏せて鳴く鹿の目には見えずて音の清けさ
aki hagi o / shigarami fusete / naku shika no / me ni wa miezute / oto
no sayakesa

凡河內躬恒（Ōshikōchi no Mitsune）

087〔卷四：219〕

秋日萩花
新開於
舊枝上——啊，
連花也念舊
不忘初衷

☆秋萩の古枝に咲ける花見れば本の心は忘れざりけり
aki hagi no / furue ni sakeru / hana mireba / moto no kokoro wa /
wasurezarikeri

譯者說：此詩有題「與昔日相知之人相逢於秋野話舊」。

佚名

088 〔卷四：222〕
萩花上的露珠，
伸手欲取，一碰
即消失——有心全
其美，留在
枝上看

☆萩の露玉に貫かむと取れば消ぬよし見む人は枝ながら見よ
hagi no tsuyu / tama ni nukan / to toreba kenu / yoshi min hito wa /
eda nagara miyo

譯者說：此歌一說為奈良帝（平城天皇）所作。

文屋朝康（Funya no Asayasu）

089〔卷四：225〕

那些垂落
秋野的
白露——綴連於
蜘蛛絲間，
粒粒皆珍珠

☆秋の野に置く白露は玉なれや貫き掛くる蜘蛛の糸すぢ

aki no no ni / oku shiratsuyu wa / tama nare ya / tsuranuki kakuru /
kumo no itosuji

譯者說：此詩有題「是貞親王家歌會時所詠」。

僧正遍昭（Henjō）

090〔卷四：226〕

純為喜愛
你的名字而來
摘你，女郎花啊
不要跟人家說
我墮落無行……

☆名にめでて折れるばかりぞ女郎花我れ落ちにきと人に語るな

na ni medete / oreru bakari zo / ominaeshi / ware ochiniki to / hito ni

kataru na

譯者說：女郎花是多年生草本植物，秋天時開黃色小花。日本「秋之七草」之一。

布留今道（Furu no Imamichi）

091〔卷四：227〕

啊，女郎花，

行過此地，見你

立於男山上

如墮入風塵──

令我悲

☆女郎花憂しと見つつぞ行きすぐる男山にし立てりと思へば

ominaeshi / ushi to mitsutsu zo / yukisuguru / otoko yama ni shi / tateri to omoeba

譯者說：此詩有題「往奈良訪僧正遍昭時，過男山見女郎花而詠」。男山，位於京都府八幡市。詩人感嘆女郎花立於男山，彷彿美女墮入風塵被迫取悅眾男。

藤原敏行（Fujiwara no Toshiyuki）

092 〔卷四：228〕

　　今夜，且
　　露宿秋野——啊
　　女郎花，你的名字
　　吸引我逗留
　　雖本無意過夜遊

☆秋の野に宿りはすべし女郎花名をむつまじみ旅ならなくに

aki no no ni / yadori wa subeshi / ominaeshi / na o mutsumashimi /
tabi naranaku ni

譯者說：此詩有題「是貞親王家歌會時所詠」。

114

平貞文（Taira no Sadafun）

093〔巻四：238〕
　　花色尚未
　　飽餐，豈能
　　匆匆言歸──野地
　　女郎花遍開，
　　我願花下一夜寢

☆花に飽かで何帰るらむ女郎花多かる野辺に寝なましものを
hana ni akade / nani kaeruran / ominaeshi / ōkaru nobe ni / nenamashi
mono o

藤原敏行（Fujiwara no Toshiyuki）

094〔卷四：239〕

何人來此

脫藤袴，掛

枝上——年年秋日

紫蘭草香

野地飄芬芳……

☆何人か来て脱掛けし藤袴来る秋毎に野辺を匂はす

nanihito ka / kite nugikakeshi / fujibakama / kuru aki goto ni / nobe o
niowasu

譯者說：此詩有題「是貞親王家歌會時所詠」。藤袴（ふぢばかま）
花，又名紫蘭、蘭草（中國又叫佩蘭），花色近紫藤色，花瓣形如
袴，因以名之。日本「秋之七草」之一。袴，同「褲」字。

在原棟樑（Ariwara no Muneyana）

095〔卷四：243〕

　　秋野間
　　飄飄的衣袖──
　　芒草的花穗，在
　　風中搖曳
　　彷彿向我們招手

☆秋の野の草の袂か花薄穂にいでて招く袖と見ゆらむ

aki no no no / kusa no tamoto ka / hanasusuki / ho ni idete maneku /
sode to miyuran

譯者說：此詩有題「寬平帝時後宮歌會時所作」。

佚名

096〔巻四：245〕
春日芳草
同一緑，
秋來花開
千萬
色

☆緑なる一つ草とぞ春は見し秋は色色の花にぞありける
midori naru / hitotsu kusa to zo / haru wa mishi / aki wa iroiro no /
hana ni zo arikeru

佚名

097〔卷四：246〕
　　如果百花
　　可以在秋野
　　爭相飄揚其飾帶，
　　我不也可以公開嬉鬧
　　無懼責備？

☆もも草の花のひもとく秋の野に思ひたはれん人なとがめそ
momo kusa no / hana no himo toku / aki no no ni / omoitawaren / hito
na togame so

譯者說：此首《古今和歌集》卷四「秋歌上」裡未有作者名字的短
歌，亦收於私家集《小町集》中，判斷為小野小町之作。

文屋康秀（Funya no Yasuhide）

098〔卷五：250〕

秋來
草木色變，
唯有海上燦開的
浪之花——
容顏不改

☆草も木も色変れどもわたつみの浪の花にぞ秋無かりける

kusa mo ki mo / iro kawaredomo / watatsumi no / nami no hana ni zo
/ aki nakarikeru

譯者說：此詩有題「是貞親王家歌會時所作」。日語「わたつみ」（綿津見，音 watatsumi），指海或海神。

紀淑望（Ki no Yoshimochi）

099〔卷五：251〕
　常盤山常綠，
　無緣展
　楓葉紅——若非
　颼颼風聲入耳，
　不知秋意濃

☆紅葉せぬ常磐山は吹く風の音にや秋を聞き渡るらむ
momijisenu / tokiwa no yama wa / fuku kaze no / oto ni ya aki o /
kikiwataruran

藤原敏行（Fujiwara no Toshiyuki）

100〔卷五：257〕

　　白露顔色唯

　　一

　　白：何以染秋葉成

　　千

　　千色？

☆白露の色は一つを如何にして秋の木の葉を千千に染むらむ

shiratsuyu no / iro wa hitotsu o / ika ni shite / aki no ko no ha o / chiji

ni somuran

譯者說：此詩有題「是貞親王家歌會時所詠」。底下第101首譯詩亦

是。

122

壬生忠岑（Mibu no Tadamine）

101〔卷五：258〕

秋夜垂落的
露水
就只是露水——
染紅秋野的
是雁的淚啊

☆秋の夜の露をば露と置きながら雁の涙や野辺を染むらむ

aki no yo no/ tsuyu oba tsuyu to / okinagara / kari no namida ya /
nobe o somuran

佚名

102〔巻五：259〕
秋露垂落時
毎次、毎處顔色
皆不同——
遠山樹葉遂
色澤萬千

☆秋の露色色毎置にけばこそ山の木の葉の千種なるらめ
aki no tsuyu / iroiro koto ni / okeba koso / yama no ko no ha no /
chigusa narurame

在原元方（Ariwara no Motokata）

103〔卷五：261〕
　　笠取山
　　戴著笠，雨落
　　無一滴能奈何
　　伊──何以秋意
　　遍染滿山紅葉

☆雨降れど露も漏らじを笠取りの山は如何でか紅葉染めけむ
ame furedo / tsuyu mo moraji o / kasatori no / yama wa ikade ka /
momiji someken

譯者說：此詩有題「秋歌」，借「笠取山」（拿著斗笠、戴著斗笠的
山）之名，製造詩趣。笠取山即今京都府伏見區醍醐山。

壬生忠岑（Mibu no Tadamine）

104〔卷五：263〕
　　雨落笠取山，
　　水透山笠
　　洗亮紅葉——
　　來往行人
　　衣袖也耀輝

☆雨降れば笠取山の紅葉は行きかふ人の袖さへぞ照る
ame fureba / kasatori yama no / momiji wa / yukikau hito no / sode
sae zo teru

譯者說：此詩有題「是貞親王家歌會時所詠」。

佚名

105〔卷五：264〕

猶在枝上未落，
我已為
這些紅葉不捨——
今天，我看到
它們最美的顏色

☆散らねどもかねてぞ惜しき紅葉は今は限りの色と見つれば

chiranedomo / kanete zo oshiki / momijiba wa / ima wa kagiri no / iro
to mitsureba

譯者說：此詩有題「寬平帝時後宮歌會時所作」，是典型的日本文學「物哀」（ものあわれ）之作，在事物最美、最動人時，即哀其、嘆其無法永恆，其無常、瞬逝。

佚名

106 〔卷五：266〕

　　佐保山的秋霧啊

　　今晨，你

　　莫湧現——遠處的我

　　想看看山上

　　柞樹的紅葉

☆秋霧は今朝勿立ちそ佐保山の柞の紅葉他所にても見む

akigiri wa / kesa wa na tachi so / saho yama no / hahaso no momiji /
yoso nite mo min

譯者説：此詩有題「是貞親王家歌會時所作」。佐保山位於奈良市法
蓮町。柞樹（ははそ），又稱栖樹、小楢、枹樹。

128

菅原道真（Sugawara no Michizane）

107〔卷五：272〕
　　吹上濱間
　　秋風吹——
　　風中白菊是
　　花，或者
　　碎浪？

☆秋風の吹き上げに立てる白菊は花かあらぬか浪の寄するか
akikaze no / fukiage ni tateru / shiragiku wa / hana ka aranu ka / nami
no yosuru ka

譯者說：此詩有題「寬平帝時設菊花歌會，造洲濱模型盆台植菊花。乃作此詠植菊吹上濱盆台」。吹上濱位於和歌市和歌浦北邊。

129

素性法師（Sosei）

108〔卷五：273〕
山路菊露
濕我袖──
頃刻
衣袖乾，
人間已千年

☆濡れて乾す山路の菊の露の間に何時か千歳を我は経にけむ
nurete hosu / yamaji no kiku not /suyu no ma ni / itsu ka chitose o /
ware wa henin

譯者說：此詩有題「詠人於仙山穿菊花叢而行」。

紀友則（Ki no Tomonori）

109〔卷五：274〕

　　一邊看花

　　一邊等候他——

　　啊，誤將白菊

　　當作思念的

　　那人的白袖……

☆花見つつ人待つ時は白妙の袖かとのみぞ誤またれける

hana mitsutsu / hito matsu toki wa / shirotae no / sode ka to nomi zo /

ayamatarekeru

譯者說：此詩有題「菊花開處等候人」。

佚名

110〔卷五：278〕
　　秋菊因霜降
　　色變，
　　彷彿一年間
　　兩度開花，
　　雙重風華

☆色変る秋の菊をば一年に再び匂ふ花とこそ見れ
iro kawaru / aki no kiku oba / hitotose ni / futatabi niou / hana to koso
mire
譯者說：此詩有題「是貞親王家歌會時所作」。

132

佚名

111 〔卷五：281〕
　　佐保山上柞樹的
　　紅葉行將凋落，月光
　　閃耀其上，邀請
　　我們無須秉燭
　　──夜間也來看

☆佐保山の柞の紅葉散りぬべみ夜さへ見よと照らす月影
saho yama no / hahaso no momiji / chirinubemi / yoru sae miyo to /
terasu tsukikage

133

佚名

112〔卷五：283〕
　　龍田川上
　　紅葉
　　凌亂飄流——想要
　　涉水而過，深恐
　　斷裂錦帶

☆龍田河もみぢ乱れて流るめり渡らば錦中や絶えなむ
tatsuta gawa / momiji midarete / nagarumeri / wataraba nishiki / naka
ya taenan

佚名

113 〔卷五：288〕

　　該從遍地重重

　　紅葉中踏出一條

　　小徑，再訪故人嗎？

　　道路已被深埋

　　無法辨認……

☆踏分けて更にや訪はむ紅葉の降り隱してし道と見ながら
fumiwakete / sara ni ya towan / momijiba no / furikakushiteshi / michi
to minagara

佚名

114 〔卷五：289〕

秋月皎皎
照山邊──要我們
夜間補上數學課，
算清楚今夜
落下的紅葉數

☆秋の月山辺さ爽に照らせるは落つる紅葉の数を見よとか
aki no tsuki / yamabe sayaka ni / teraseru wa / otsuru momiji no /
kazu o miyo to ka

佚名

115〔卷五：290〕
　　風有一千種
　　顏色嗎？你看它
　　吹落秋天的
　　樹葉，五彩繽紛
　　片片色澤不一⋯⋯

☆吹く風の色の千種に見えつるは秋の木の葉の散ればなりけり
fuku kaze no / iro no chigusa ni / mietsuru wa / aki no ko no ha no /
chireba narikeri

在原業平（Ariwara no Narihira）

116〔卷五：294〕
　　在眾神的年代
　　亦未聞如此
　　神奇事——片片
　　楓葉，將龍田川
　　染得滿江艷紅

☆ちはやぶる神世もきかず龍田河唐紅に水くくるとは

chihayaburu / kami yo mo kikazu / tatsuta gawa / karakurenai ni /
mizu kukuru to wa

譯者說：龍田川，流經大和國（今奈良縣）龍田山邊之河川，古來
為觀賞紅葉（楓葉）有名之地。此詩後亦被選入知名選集《小倉百
人一首》，亦見於《伊勢物語》第一百零六段。

紀貫之（Ki no Tsurayuki）

117〔卷五：297〕
　　深山裡的紅葉，你們
　　是夜的錦緞，
　　一生錦衣夜行──從
　　枝頭飛行
　　入土，無人看見

☆見る人も無くて散りぬる奥山の紅葉は夜の錦なりけり

miru hito mo / nakute chirinuru / okuyama no / momiji wa yoru no /
nishiki narikeri

譯者說：此詩有題「北山摘紅葉時所詠」。

兼覽王（Kanemi no Ōkimi）

118〔卷五：298〕

秋神龍田姫

將西行，獻供品

求旅途平安——你看

她遍撒秋葉

作奉獻的金幣……

☆龍田姫手向くる神のあればこそ秋の木の葉の幣と散るらめ

tatsutahime / tamukuru kami no / areba koso / aki no ko no ha no /

nusa to chiruran

譯者說：此詩有題「秋歌」。龍田姫是秋之女神，將西行表示秋天將
結束——為求旅途平安，她獻供品，撒秋葉為奉幣。日文「手向く
る」（たむくる，音 tamukuru），意為向神佛等奉獻、祈願。

紀貫之（Ki no Tsurayuki）

119〔卷五：299〕

　　眼前秋山紅葉

　　彷彿是獻給神，祈求

　　一路平安的金幣──

　　卜居此地的我，也

　　感覺是羈旅中人了

☆秋の山紅葉を幣と手向くれば住む我さへぞ旅心地する

aki no yama / mommiji o nusa to / tamukureba / sumu ware sae zo /

tabigokochi suru

譯者說：此詩有題「住於小野時，見紅葉而詠」。小野，在京都郊
外。

141

春道列樹（Harumichi no Tsuraki）

120 〔卷五：303〕

山中溪流上，風

架成的

攔水柵——啊，是

流也流

不動的紅葉……

☆山川に風の架けたる柵は流れもあへぬ紅葉なりけり

yamakawa ni / kaze no kaketaru / shigarami wa / nagare mo aenu /
momiji narikeri

譯者說：此詩有題「越志賀山」，後亦被選入知名選集《小倉百人一首》。此處越志賀山，係指從京都的北白川經志賀山隘前往大津一帶。

素性法師（Sosei）

121〔卷五：309〕

我要把紅葉藏於

袖中，帶下山——

當城裡人以為

秋已盡時，得意地

亮出它們

☆紅葉は袖にこき入れて持て出でなむ秋は限と見む人のため

momijiba wa / sode ni kokiirete / moteidenan / aki wa kagiri to / min

hito no tame

譯者說：此詩有題「與僧正遍昭在北山採菇」。僧正遍昭為素性法師
的父親。北山指京都北部山區。

紀貫之（Ki no Tsurayuki）

122〔卷五：311〕
　　年年，龍田川
　　紅葉一片
　　一片順流而下⋯⋯
　　它的河口是秋天
　　寄宿的地方嗎？

☆年ごとに紅葉流す龍田河湊や秋の泊りなるらむ

toshi goto ni / momijiba nagasu / tatsuta gawa / minato ya aki no /
tomari naruran

譯者說：此詩有題「龍田川上秋暮有感」。

冬歌

佚名

123 〔卷六：314〕
　　龍田川上
　　紅葉漂盪如織錦——
　　經緯它們的是
　　或直或斜的
　　十月初冬陣雨⋯⋯

☆龍田河錦織掛く神無月時雨の雨を縦横にし
tatsuta gawa / nishiki orikaku / kannazuki / shigure no ame o /
tatenuki ni shite

譯者說：此詩為《古今和歌集》卷六「冬歌」第一首短歌。紅葉為
晚秋之意象，初冬陣雨（時雨）代表初冬到來。

佚名

124〔卷六：316〕
　　天空中
　　月光如此
　　清純——冷而滑的水
　　被它輕觸，凝成
　　第一層冰的肌膚

☆大空の月の光し清ければ影見し水ぞまづこほりける
ōzora no / tsuki no hikari shi / kiyokereba / kage mishi mizu zo /
mazu kōrikeru

譯者說：此首無名氏冬歌頗清麗而迷人。

148

佚名

125〔卷六：318〕

　　續降

　　莫停吧，壓倒

　　我家庭院

　　芒草，紛紛降的

　　白雪啊……

☆今よりは續ぎて降らなむ我が宿の薄押しなみ降れる白雪
ima yori wa / tsugite furanan / waga yado no / susuki oshinami /
fureru shirayuki

紀貫之（Ki no Tsurayuki）

126〔卷六：323〕

　　大雪降紛紛……
　　把草木關進
　　銀色的冬籠，許多
　　春天不識的花
　　居然越獄綻開……

☆降れば冬籠りせる草も木も春に知られぬ花ぞ咲きける
yuki fureba / fuyugomori seru / kusa mo ki mo / haru ni shirarenu /
hana zo sakikeru

譯者說：此詩有題「冬歌」。日語「冬籠」，指冬日下雪或天寒，長
時間避居屋內。

紀秋岑（Ki no Akimine）

127〔卷六：324〕

　　雪四面八方落下，
　　以一片片、一票票的
　　白完全勝出
　　連岩上也開花喝采——
　　白色的花或雪花

☆白雪の所も判かず降りしけば巌にも咲く花とこそ見れ

shirayuki no / tokoro mo wakazu / furishikeba / iwao ni mo saku /
hana to koso mire

譯者說：此詩有題「越志賀山」。

藤原興風（Fujiwara no Okikaze）

128〔卷六：326〕
　　近海濱處
　　雪落霏霏，翻飛
　　如白浪——啊
　　白浪真的要
　　越過末松山了嗎

☆浦近く降りくる雪は白浪の末の松山越すかとぞ見る

ura chikaku / furukuru yuki wa / shiranami no / suenomatsu yama /

kosu ka to zo miru

譯者說：此詩有題「寬平帝時後宮歌會時所作」，靈感顯然來自《古
今和歌集》卷二十裡那首「陸奧歌」（見本書第300首譯詩）。末松
山（末の松山）是位於今宮城縣多賀城市八幡的獨立小丘陵。

清原深養父（Kiyohara no Fukayabu）

129〔卷六：330〕

寒冬猶在，
雪白的花從空中
翩翩而降──
雲外，莫非
春色已君臨？

☆冬ながら空より花の散りくるは雲の彼方は春にやあるらむ

fuyu nagara / sora yori hana no / chirikuru wa / kumo no anata wa /
haru ni ya aru ran

譯者說：此詩有題「詠雪降」。

坂上是則（Sakanoue no Korenori）

130〔卷六：332〕

拂曉：被

降落於

吉野村的白雪

下載、轉貼的

殘月之光……

☆朝朗有明の月と見るまでに吉野の里に降れる白雪
asaborake / ariake no tsuki to / miru made ni / yoshino no sato ni /
fureru shirayuki

譯者說：此詩有題「往大和國時，見雪降而詠」，詩中將拂曉時殘月
之光與雪相比，和李白「床前明月光，疑是地上霜」之句有異曲同
工之妙。此詩後亦被選入知名選集《小倉百人一首》。詩的趣味許多
時候來自語詞的適當陌生化、新鮮化。古今詩歌如一，皆貴在創新
或化古為今；「譯詩」亦如是。日文原詩殆指白雪映現或看似殘月之
光，此處中譯故意驅使當代語詞（「下載、轉貼」）新鮮化之。

154

佚名

131〔卷六：334〕
　　雪，霧一般
　　鋪天蓋地
　　而來，世界一片
　　白──白
　　梅已難辨

☆梅の花それとも見えず久方の天霧る雪のなべて降れれば
ume no hana / sore to mo miezu / hisakata no / amagiru yuki no /
nabete furereba

譯者說：此歌後又被選入《拾遺和歌集》，標示為《萬葉集》歌人柿本人麻呂之作。此首無名氏短歌顯現一種「優雅的混亂」，此種精心雕琢的「凌亂之美」似乎較接近平安時代的文學趣味。拙譯《夕顏：日本短歌400》裡也選譯了此詩──「無法辨識出／同樣冷白的／梅花──／雪花／漫天飄降……」──我們刻意嘗試兩種不同譯法。

小野篁（Ono no Takamura）

132 〔卷六：335〕
　　　花色已和
　　　雪色
　　　混而為一——梅花啊，
　　　用香味告訴我們
　　　你的位置

☆花の色は雪に混りて見えずとも香をだに匂へ人の知るべく

hana no iro wa / yuki ni majirite miezutomo ka o dani nioi e hito no shirubeku

譯者說：此詩有題「詠雪落梅花上」。

紀友則（Ki no Tomonori）

133〔卷六：337〕

　　白雪紛飛，在樹
　　木每株上爭著開花——
　　樹木每株上開的
　　是梅花或雪花，
　　欲折如何辨？

☆雪降れば木每に花ぞ咲きにける何れを梅と分きて折らまし
yuki fureba / ki goto ni hana zo / sakinikeru / izure o ume to / wakite
oramashi

譯者說：此詩有題「見雪降而詠」。紀友則此詩日文原作居然拆「梅」
字為「木每」（每株樹木），讓讀者乍看下，誤以為「木每に花」為
梅花——雪花、梅花分不清，出手欲折真有點難！

157

春道列樹（Harumichi no Tsuraki）

134〔卷六：341〕
　　我們說「昨日」，
　　我們過「今日」——
　　明日香川急急向
　　明日流，向明朝，
　　明夜，明年……

☆昨日と言ひ今日と暮らして明日香河流れて早き月日なりけり
kinō to ii / kyō to kurashite / asuka gawa / nagarete hayaki / tsuki hi
narikeri

譯者說：此詩有題「年終」。明日香川（あすかがは），亦稱飛鳥
川，流經今奈良縣明日香一地。此詩巧妙玩弄「明日香川」中之「明
日」兩字，春道列樹在年終寫此詩——「明日」即為新的一年。

戀歌

紀貫之（Ki no Tsurayuki）

135 〔卷十一：471〕
　　吉野川，波浪
　　衝擊岩石
　　高且急──一如
　　思念你時
　　我洶湧的激情

☆吉野川岩波高く行く水の早くぞ人を思ひそめてし
yoshino gawa / iwanami takaku / yuku mizu no / hayaku zo hito o /
omoisomete shi

譯者説：吉野川，流經奈良縣的吉野山之河。

在原元方（Ariwara no Motokata）

136〔卷十一：473〕

音羽山傳音，傳來
關於你的風言
風語——我在逢坂關
此方等著和你
相逢，要多少年啊

☆音羽山音に聞きつつあふ坂の関のこなたに年をふるかな

otowayama / oto ni kikitsutsu / ōsaka no / seki no konata ni / toshi o furu kana

譯者說：音羽山，位於京都府與滋賀縣交界處，在逢坂山之南。逢坂關（參閱本書第246首譯詩）為逢坂山關口。本詩取用音羽山的「音」（音信、傳言）與逢坂關的「逢」（相逢）解嘲愛的尷尬，頗為有趣。

在原業平（Ariwara no Narihira）

137〔卷十一：476〕
　　不是沒見到，也不是
　　已見到，匆匆一瞥
　　伊人即將我煞到——
　　因戀腫思念，此腫
　　今日如何消？

☆見ずもあらず見もせぬ人の恋しくはあやなく今日やながめく
らさむ

mizu mo arazu / mi mo senu hito no / koishiku wa / ayanaku kyō ya /
nagame kurasan

譯者說：此詩收於《古今和歌集》卷十一，前書「右近衛府馬場行
馬射之日，自對面停駐的車子垂簾間，隱約瞥見一女子面容，因詠
此歌以贈。」此詩亦見《伊勢物語》第九十九段。此女（名字不詳）
所回短歌如下——

163

佚名

138〔卷十一：477〕

　　知道或不知道，
　　這區別不重要，
　　心中
　　戀常在，此戀
　　才是知我之道

☆知る知らぬ何かあやなくわきていはむ思ひのみこそしるべな
りけれ

shiru shiranu / nani ka ayanaku / wakite iwan / omoi nomi koso /
shirube narikere

壬生忠岑（Mibu no Tadamine）

139〔卷十一：478〕
　　如嫩草從
　　春日野雪融處
　　冒出──你的身影
　　僅匆匆一瞥
　　我即刻被愛綠化

☆春日野の雪間を分けて生ひいでくる草の僅かに見えし君はも
kasugano no / yuki ma o wakete / oiide kuru / kusa no hatsuka ni /
mieshi kimi wa mo

譯者說：此詩有題「春日祭，遇一觀祭女子，尋至其家，詠此歌以
贈」。

佚名

140〔卷十一：483〕

　　單絲難成緒
　　除非此方彼方
　　相撚合——你我不
　　相會，我的魂
　　如何覓穿玉之緒？

☆片糸を此方彼方に縒掛けて合はずは何を玉の緒に為む
kataito o / konata kanata ni / yorikakete / awazu wa nani o / tama no o
ni sen

佚名

141〔巻十一：484〕
　　夕暮時分
　　我的思緒飄蕩如
　　雲彩的旗幟
　　為我所愛的那
　　高高在天際之人

☆夕暮れは雲のはたてに物ぞ思ふ天つ空なる人を恋ふとて
yūgure wa / kumo no hatate ni / mono zo omou / amatsu sora naru /
hito o koi tote

佚名

142〔卷十一：486〕
　　那人薄情，真
　　叫人恨——
　　朝露生時
　　我嘆悔，夜裡
　　就寢又想起他

☆つれもなき人をやねたく白露の置くとは嘆き寝とは偲ばむ
tsure mo naki / hito o ya netaku / shiratsuyu no / oku to wa nageki /
nu to wa shinobani

佚名

143〔卷十一：487〕

　　一如賀茂神社
　　神官，身披木棉綬帶
　　向大神祈福——
　　對你的思念，無一日
　　不披覆我身

☆ちはやぶる賀茂の社の木綿襷一日も君を掛けぬ日は無し
chihayaburu / kamo no yashiro no / yū tasuki / hitohi mo kimi o /
kakenu hi wa nashii

譯者說：木棉綬帶（木綿襷），此處指京都賀茂神社四月舉行之祭禮
中，神官所披之綬帶。日文原詩最開頭的「ちはやぶる」（千早振
る，音chihayaburu），是用來修飾「神」的枕詞。

佚名

144 〔巻十一：488〕

我的愛意
溢滿
整個天空——
相思卻
無處寄送

☆我が恋は虚しき空に満ちぬらし思ひやれども行く方もなし
waga koi wa / munashiki sora ni / michinurashi / omoiyaredomo /
yuku kata mo nashi

佚名

145〔卷十一：491〕

如同流過山腳下

隱藏於樹林

深處的小溪，我

激動的心思

無人睹，不可堵

☆足引の山下水の木隠れて激つ心を堰きぞかねつる

ashihiki no / yama shita mizu no / kogakurete / tagitsu kokoro o / seki
zo kanetsuru

譯者說：此詩「足引の山下水の木隠れて激つ心を」等字句，亦出
現於本書第285首譯詩中。

佚名

146〔卷十一：493〕

他們說即便
洶湧的激流也有
水滯成淵處——何以我
激動的愛始終急流，
未曾有靜止之淵？

☆激つ瀬の中にも淀は有り云ふを何ど我が恋の淵瀬ともなき
tagitsu se no / naka ni mo yodo wa / ari chō o / nado waga koi no /
fuchise to mo naki

佚名

147 〔卷十一：496〕

思人
人不知，此苦
我自吞——
願作末摘花奪目，
曝我熾烈情！

☆人知れず思へば苦し紅の末摘花の色に出なむ

hito shirezu / omoeba kurushi / kurenai no / suetsumuhana no / iro ni
idenan

譯者說：末摘花（すえつむはな），亦稱「紅花」（べにばな），夏
季開橘紅色花。

佚名

148〔卷十一：500〕
　　一如夏日
　　家中點燃的
　　熏蚊火──戀火
　　在我體內燃燒
　　啊，何時方了

☆夏なれば宿に燻ぶる蚊遣火の何時まで我が身下燃えをせむ
natsu nareba / yado ni fusuburu / kayaribi no / itsu made waga mi /
shita moe o osen

174

佚名

149〔卷十一：501〕
從此不再戀！
御手洗川邊洗手
淨身，向神如是
起誓——神
很像完全不理我

☆恋せじと御手洗川にせし禊ぎ神は受けずぞなりにけらしも
koiseji to / mitarashigawa ni / seshi misogi / kami wa ukezu zo /
narinikerashimo

譯者說：御手洗川，流經神社附近供洗手淨身之水流。此詩亦見於
《伊勢物語》第六十五段。

175

佚名

150 〔巻十一：503〕
　　　欲忍相思，
　　　終不敵──敗在
　　　我固守了五官四肢
　　　左心房右心室，
　　　眉尖卻泄了底

☆思ふには忍ぶる事ぞ負けにける色には出じと思ひし物を
omou ni wa / shinoburu koto zo / makenikeru / iro ni wa ideji to /
omoishi mono o

佚名

151〔卷十一：504〕

他人豈知
我兩人
戀情，果有
知情者
其唯枕與衾

☆我が恋を人知るらめやしきたへの枕のみこそ知らば知るらめ

waga koi wa / hito shiru rame ya / shikitae no / makura nomi koso /
shiraba shiru rame

佚名

152〔卷十一：511〕
何須尋找這
淚河的
源頭——就在
為愛憂愁的
我之身啊

☆涙川なに水上を尋ねけむ物思ふ時の我が身なりけり
namidagawa / nani minakami o / tazuneken / mono omou toki no /
waga mi narikeri

178

佚名

153〔巻十一：517〕
　　果能以我命
　　換得你愛，我
　　樂意一死——真死
　　比想死你，
　　輕鬆多了

☆恋しきに命を換ふる物ならば死には易くぞあるべかりける
koishiki ni / inochi o kauru / mono naraba / shini wa yasuku zo /
arubekarikeru

佚名

154〔卷十一：518〕
　　無緣相見，此身
　　果真已習慣？
　　試試我的心吧——
　　看會不會為
　　愛輾轉斷魂

☆人の身も慣らはし物を逢はずしていざ心みむ恋ひや死ぬると
hito no mi mo / narawashi mono o / awazu shite / iza kokoromin / koi
hi ya shinuru to

佚名

155〔卷十一：520〕
　　願我的來世
　　早早到臨——
　　眼前的薄情人
　　即可成為賞味期限
　　已過的往事

☆来む世にも早成りななむ目の前につれなき人を昔と思はむ
kon yo ni mo / haya narinanan / me no mae ni / tsurenaki hito o /
mukashi to omowan

佚名

156〔卷十一：525〕

思君終日
盼能夢中逢——
夜幕早已降，如今
卻不知如何以枕為舟
坐夢到你面前

☆夢の内に逢見む事を頼みつつ暮せる宵は寝む方無し

yume no uchi ni / aimin koto o / tanomitsutsu / kuraseru yoi wa / nenkata mo nashi

佚名

157〔卷十一：527〕
　　落淚成河，枕
　　漂流如
　　無槳之舟——
　　終夜沉浮，我
　　如何入睡入夢？

☆涙川枕流るる浮き寝には夢もさだかに見えずぞありける
namidagawa / makura nagaruru / ukine ni wa / yume mo sadaka ni /
miezu zoarikeru

佚名

158〔巻十一：530〕
漁火照水中——
我身愁苦，
熾火
內燒，如水面下
火影搖晃

☆篝火の影となる身の侘しきは流れて下に燃ゆるなりけり

kagaribi no / kage to naru mi no / wabishiki wa / nagarete shita ni /
moyuru narikeri

184

佚名

159 〔卷十一：540〕
　　兩心若可換，
　　我願速與
　　君交換——
　　單戀相思苦，君
　　換心後當可知

☆心換へする物にもが片恋は苦しき物と人に知らせむ
kokorogae / suru mono ni mo ga / katakoi wa / kurushiki mono to /
hito ni shirasen

佚名

160 〔巻十一：542〕

　　　立春
　　　氷雪消——
　　　願春日暖意
　　　柔軟君心
　　　向我全消融

☆春立てば消ゆる氷の残り無く君が心は我に解けなむ

haru tateba / kiyuru kōri no / nokori naku / kimi ga kokoro wa / ware ni tokenan

佚名

161〔巻十一：543〕
　　天一亮
　　如夏蟬
　　終日泣——到
　　黃昏，我心徹夜
　　燃燒如夏螢

☆明け立てば蝉の折り延へ泣き暮らし夜は蛍の燃えこそ渡れ
aketateba / semi no orihae / nakikurashi / yoru wa hotaru no / moe
koso watare

佚名

162 〔卷十一：546〕

四時
心總為愛
苦──怪的是
就中腸斷
是秋夕

☆何時とても恋しからずはあらねども秋の夕べは怪しかりけり

itsu to te mo / koishikarazu wa / aranedomo / aki no yūbe wa /
ayashikarikeri

譯者說：白居易〈暮立〉一詩有句「大抵四時心總苦，就中腸斷是
秋天」，似是此短歌所本。

佚名

163〔卷十一：549〕
　　有何理由
　　須防人目光──
　　我豈不能熱烈張揚
　　我的愛，像
　　一整片芒草花海

☆人目守る我かはあやな花薄何どか穂に出て恋ひずしもあらむ
hitome moru / ware ka wa aya na / hanasusuki / nado ka ho ni idete /
koizu shimo aran

189

小野小町（Ono no Komachi）

164〔卷十二：552〕

　　他出現，是不是
　　因為我睡著了，
　　想著他？
　　早知是夢
　　就永遠不要醒來

☆思ひつつ寝ぬればや人の見えつらむ夢と知りせばさめざらましを

omoitsutsu / nureba ya hito no / mietsuran / yume to shiriseba / samezaramashi o

譯者說：小野小町是擅長寫「夢」的女歌人。日本動畫家新海誠是日本中央大學文學部「國文學」（即日本文學）專攻畢業，他頗喜歡，也很嫻熟於將日本古典文學融入其作品中。新海誠自承，其2016年首映、風靡全球的動畫電影《你的名字》（「君の名は。」），靈感即來自平安時代前期小野小町此首著名短歌。

小野小町（Ono no Komachi）

165〔卷十二：553〕
假寐間，
所戀的人
入我夢來──始知
夢雖飄渺，實我
今唯一可賴

☆仮寝に恋しき人を見てしより夢てふ物は頼みそめてき
utatane ni / koishiki hito o / miteshi yori / yume chō mono wa /
tanomisometeki

191

小野小町（Ono no Komachi）

166〔卷十二：554〕

當慾望
變得極其強烈，
我反穿
睡衣，在艷黑的
夜裡

☆いとせめて恋しき時はむばたまの夜の衣を返してぞ着る
ito semete / koishiki toki wa / ubatama no / yoru no koromo o /
kaeshite zo kiru

譯者說：「反穿睡衣」係日本習俗，據說能使所愛者在夢中出現。日
文「むばたま」（ubatama，或作「ぬばたま」：mubatama）——寫
成「射干玉」或「烏玉」——指「射干」（鳶尾屬草本植物，又稱夜
干、檜扇、烏扇）果實開裂後露出的黑黑圓圓、帶有光澤的種子。
「ぬばたまの」（「射干玉の」或「烏玉の」）是置於夜、黑、髮等
詞前的「枕詞」（固定修飾語）。

安倍清行（Abe no Kiyoyuki）

167〔卷十二：556〕

　　袖裡不堪

　　藏珠玉——見不到

　　伊人，紛紛

　　墜落的

　　我的眼淚……

☆包めども袖にたまらぬ白玉は人を見ぬ目の涙なりけり
tsutsumedomo / sode ni tamaranu / shiratama wa / hito o minume no /
namida narikeri

譯者說：此詩有題「下出雲寺法會之日，詠真靜法師所講之經為歌，遣贈小野小町」。下出雲寺，位於賀茂川邊。真靜法師所講之經或出自《法華經》第八章〈五百弟子授記品〉中之句——「譬如有人至親友家，醉酒而臥。是時親友官事當行，以無價寶珠繫其衣裡，與之而去。其人醉臥，都不覺知。」

小野小町（Ono no Komachi）

168〔卷十二：557〕
　　何其蠢啊，你
　　淚垂落袖上
　　佯裝珠玉——
　　我淚如急湍
　　決堤千里流……

☆愚かなる涙ぞ袖に玉はなす我は堰あへず激つ瀬なれば

oroka naru / namida zo sode ni / tama wa nasu / ware wa sekiaezu /
tagitsu se nareba

譯者說：此為小野小町答覆安倍清行前詩之作。

194

小野美材（Ono no Yoshiki）

169〔卷十二：560〕
　　我的戀慕
　　之情，如草隱
　　深山間——一日
　　比一日濃密
　　卻無人睹其茂

☆我が恋は深山隠れの草なれや繁さ増されど知る人の無き
waka koi wa / miamagakure no / kusa nare ya / shigesa masaredo /
shiru hito no naki

譯者說：此詩有題「寬平帝時後宮歌會時所詠」。底下三首（第
170、171、172首譯詩）亦是。

藤原興風（Fujiwara no Okikaze）

170〔卷十二：567〕
　　戀君淚滂沱，
　　臥床成
　　海床──我身
　　如航標，飄浮水上
　　標記情海深

☆君恋ふる涙の床に満濡れば澪標とぞ我は成りける

kimi kouru / namida no toko ni / michinureba / mi o tsukushi to zo /
ware wa narikeru

譯者說：日語「澪標」（みをつくし），航標，航路的木樁標誌。

藤原興風（Fujiwara no Okikaze）

171〔卷十二：568〕
　　我命為愛奄奄
　　一息……你要不要
　　試試說願與我
　　相見，看我將斷的
　　魂絲會不會甦延

☆死ぬる命生きもやすると試みに玉の緒許り逢はむと言はなむ
shinuru inochi / iki mo ya suru to / kokoromi ni / tama no o bakari /
awan to iwanan

譯者說：日文原詩中的「玉の緒」（たまのお）既指穿玉、穿珠的
繩，亦指性命。「たま」兼有「玉」與「魂」之意。

紀貫之（Ki no Tsurayuki）

172〔卷十二：572〕
　　若非思君之淚
　　汨汨垂落
　　沾濕我胸襟——
　　胸中戀火，會把
　　我唐衣燒紅

☆君恋ふる涙しなくは唐衣胸のあたりは色燃えなまし
kimi kouru / namida shi naku wa / kara koromo / mune no atari wa /
iro moenamashi

譯者說：唐衣（からころも），謂唐式服裝、中國古式服裝。

198

紀貫之（Ki no Tsurayuki）

173〔卷十二：574〕
夢中尋伊人，
終宵
衣袖濕——
夢中道路
也露珠滿佈嗎？

☆夢路にも露や置くらむ夜もすがら通へる袖の漬ちて乾かぬ
yumeji ni mo / tsuyu ya okuran / yo mo sugara / kayoeru sode no /
hijite kawakanu

大江千里（Ōe no Chisato）

174〔卷十二：577〕
因孤寂
失聲而泣──
若有人問為何
袖濕，我會答：
因為春雨！

☆音に泣きてひちにしかども春雨に濡れにし袖と問はば答へむ
ne ni nakite / hiji ni shikadomo / harusame ni / nurenishi sode to /
towaba kotaen

紀貫之（Ki no Tsurayuki）

175〔巻十二：583〕
　　秋野百花
　　紛亂開，萬紫
　　千紅
　　撩我心頭
　　千萬緒

☆秋の野に乱れて咲ける花の色の千種に物を思ふころかな
aki no no ni / midarete sakeru / hana no iro no / chigusa ni mono o /
omou koro kana

凡河內躬恒（Ōshikōchi no Mitsune）

176〔卷十二：584〕
　　　形單影隻獨語
　　　讓人愁——
　　　多羨秋風吹
　　　秋田，稻葉柔聲
　　　時迴響……

☆一人して物を思へば秋の田の稻葉のそよと言ふ人の無き
htori shite / mono o omoeba / aki no ta no / inaba no soyoto / iu hito
no naki

宗岳大賴（Muneoka no Ōyori）

177〔卷十二：591〕

我心如冬河——
河面上冰凍
三尺，河面下
我的愛我的淚
奔流不息

☆冬川の上は凍れる我なれや下に流れて恋ひ渡るらむ

fuyu kawa no / ue wa kōreru / ware nare ya / shita ni nagarete /
koiwataru ran

譯者說：日文原詩中「流れて」（ながれて：nagarete）指水流，也
可讀作「なかれて」（nakarete），指流淚。

紀友則（Ki no Tomonori）

178〔卷十二：593〕

　　夜夜，我
　　脫衣就寢，將
　　狩衣掛好——你
　　也懸在我心上，
　　無一刻能忘

☆宵宵に脱ぎて我が寝る狩衣かけて思はぬ時の間も無し

yoi yoi ni / nugite waga neru / karigoromo / kakete omowanu / toki
no ma mo nashi

譯者說：狩衣為日本平安時代以降，高官或武士所穿的一種便服。

紀友則（Ki no Tomonori）

179〔卷十二：596〕
累月經年，
胸中戀火
不曾熄——何以
夜來獨寢
袖袂仍寒如冰

☆年を経て消えぬ思ひはありながら夜の袂は猶凍りけり
toshi o hete / kienu omoi wa / arinagara / yoru no tamoto wa / nao
kōkeri

壬生忠岑（Mibu no Tadamine）

180〔卷十二：602〕
　　我身
　　若能化作
　　明月——薄情的
　　那人，見了
　　當也會珍惜

☆月影に我が身を變ふる物ならばつれなき人も憐れとや見む
tsuki kage ni / waga mi o kauru / mono naraba / tsurenaki hito mo /
aware to ya min

清原深養父（Kiyohara no Fukayabu）

181〔卷十二：603〕

我若為愛死，
世人必暗說你
無情名——
雖你推稱
此世本無常

☆恋ひ死なば誰が名は立たじ世の中の常無き物と言ひはなすとも

koishinaba / ta ga na wa tataji / yo no naka no / tsune naki mono to / ii wa nasu tomo

紀友則（Ki no Tomonori）

182 〔卷十二：607〕

我的愛無言，如同
水無瀨川不聞
水流聲——我心深處
一條暗流，一條
愛河激湧

☆言に出でて言はぬばかりぞ水無瀨河下に通ひて恋しき物を
koto ni idete / iwanu bakari zo / minase gawa / shita ni kayoite /
koishiki mono o

譯者說：：水無瀨川，流經今大阪府東北部、三島郡島本町之河川。
水無瀨，字面意思為「無水之瀨、無水之川流」。水無瀨川在此詩中
用以指水伏流於地底下、河床下之河川。

春道列樹（Harumichi no Tsuraki）

183〔卷十二：610〕
　　緊拉梓木弓，
　　讓飽張的弓弦兩端
　　靠近我——夜啊，我的
　　愛啊，我已箭在弦上
　　快貼近讓我射吧

☆梓弓引けば本末我が方によるこそ増され恋の心は
azusayumi / hikeba moto sue / waga kata ni / yoru koso masare / koi
no kokoro wa

譯者說：梓弓，梓木做的弓，在和歌中常作為與拉、引、張、射等
相關的枕詞。日文原詩中的「よる」（音yoru）為掛詞（雙關語），
既指靠近（寄る），又指夜。

清原深養父（Kiyohara no Fukayabu）

184〔卷十二：613〕

苦戀無已，我
早該為愛
命絕——惟你一言
惟你許與我一會
我賴以苟活

☆今は早恋ひ死なましを逢ひ見むと頼めし事ぞ命なりける

ima wa haya / koishinamashi o / aimin to / tanomeshi koto zo / inochi
narikeru

紀友則（Ki no Tomonori）

185〔卷十二：615〕

　　生命為何物，
　　空如一露珠——
　　若可換得與君
　　一逢，一死
　　何足惜？

☆命やは何ぞは露の空物を逢ふにしかへば惜しから無くに
inochi ya wa / nani zo wa tsuyu no / ada mono o / au ni shi kaeba /
oshikaranaku ni

在原業平（Ariwara no Narihira）

186〔卷十三：616〕

　　我是一個醒也不是，睡也

　　不是，由夜晚到天明

　　竟日痴痴看著淫雨

　　紛紛降的

　　春之物

☆起きもせず寝もせで夜を明かしては春の物とてながめ暮らし
つ

oki mo sezu / ne mo sede yoru o / akashite wa / haru no mono tote /
nagame kurashitsu

譯者說：此詩有題「自三月初一，與一女子私語交心後，細雨不
停，詠此以贈」。原詩中「ながめ」（音 nagame）為掛詞，兼有「長
雨」（淫雨）與「眺め」（眺望）之意。是春天讓人成為「春之物」，
或者有心發春四時皆春？此詩亦見於《伊勢物語》第二段。

212

在原業平（Ariwara no Narihira）

187〔卷十三：618〕

你的淚河

太淺，只濕了

你的衣袖——等聽到

淚洪捲走你的身體

我才跟你走

☆あさみこそ袖はひつらめ涙川身さへ流ると聞かばたのまむ

asami koso / sode wa hitsurame / namidagawa / mi sae nagaru to /

kikaba tanoman

譯者說：此詩有題「代某女子回答」。

213

在原業平（Ariwara no Narihira）

188〔卷十三：622〕
　　一夜寢後朝別，
　　秋野竹林露沾襟——
　　其濕怎堪與今夜
　　不得與你相逢，我
　　袖上之淚相比？

☆秋の野に笹別けし朝の袖よりも逢はで来し夜ぞ漬増さりける
aki no no ni / sasa wakeshi asa no / sode yori mo / awade koshi yoru
zo / hiji masarikeru

214

小野小町（Ono no Komachi）

189〔卷十三：623〕

他難道不知道

我這海灣

無海草可採——

那漁人一次次走過來

步伐疲憊……

☆みるめなきわが身をうらと知らねばやかれなで海士の足たゆ
く来る

mirume naki / wagami o ura to / shiraneba ya / karenade ama no / ashi
tayuku kuru

譯者說：此首短歌殆為謠曲《通小町》中「小野小町拒絕男人追求」
此類故事之原型。

215

佚名

190 〔卷十三：627〕
　　是無風已
　　起浪嗎——
　　我們尚未得
　　一晤，流言已如
　　浪花四起

☆かねてより風に先立つ浪なれや逢ふ事無きにまだき立つらむ
kanete yori / kaze ni sakidatsu / nami nare yā / au koto naki ni /
madaki tatsu ran

佚名

191〔卷十三：634〕
　　千思萬思，
　　今宵終得與你
　　睡一覺──逢坂關的
　　神雞啊，切莫
　　張口報曉

☆恋ひ恋ひて稀れに今宵ぞ逢坂の木綿付け鳥は鳴かずもあらなむ

koikoite / mare ni koyoi zo / ōsaka no / yūtsuketori wa / nakazu mo aran

譯者說：日文原詩中「木綿付け鳥」（音 yūtsuketori），係指為了祭神繫上白色帶子的雞。

217

小野小町（Ono no Komachi）

192 〔卷十三：635〕

秋夜之長
空有其名，
我們只不過
相看一眼，
即已天明

☆秋の夜も名のみなりけり逢ふといへば事ぞともなく明けぬるものを

aki no yo mo / na nomi narikeri / au to ieba / koto zo to mo naku / akenuru mono o

佚名

193〔卷十三：637〕
　　拂曉天空，啊
　　越來越明亮
　　──一夜共寢，
　　晨起各自
　　穿衣悲分離

☆東雲の朗ら朗らと明けゆけばおのがきぬぎぬなるぞ悲しき
shinonome no / hogara hogara to / akeyukeba / ono ga kinuginu / naru
zo kanashiki

譯者說：日文原詩中「きぬぎぬ」（音kinuginu，漢字寫為「衣衣」
或「後朝」），指男女戀人夜間疊衣共寢，次晨各自穿衣別離。平安
時代，男女即使成婚也未住在一起。夫妻或戀人相會，皆是男方於
天黑後赴女方處，共寢前衣服脫下折好相疊，次日黎明後，男方即
須離去。此詩寫晨起穿衣，男女戀人衣衣／依依不捨之景，甚為動
人。

藤原敏行（Fujiwara no Toshiyuki）

194〔卷十三：639〕
天明別妹
上歸途，大雨
與淚
俱滂沱——我袖
豈堪兩倍濕

☆明けぬとて帰る道には幾許たれて雨も涙も降り袖濡ちつつ
akenu tote / kaeru michi ni wa / kokitarete / ame mo namida mo /
furisobochi tsutsu

譯者說：此詩有題「寬平帝時後宮歌會時所作」。

220

佚名

195〔巻十三：642〕
玉匣開後
天亮始放君，君名
將曝光──
讓君夜深回，
深怕有人窺

☆玉匣開けば君が名立ちぬべみ夜深く来しを人見けむかも
tamakushige / akeba kimi ga na / tachinubemi / yo fukaku koshi o /
hito miken kamo

佚名

196〔卷十三：645〕

是君來或

我去，欲回想

已茫然——

是夢抑或真？

是寢抑或醒？

☆君や来し我や行きけむ思ほえず夢か現か寝てか覺めてか

kimi ya koshi / ware ya yukiken / omōezu / yume ka utsutsu ka / nete
ka samete ka

譯者說：此詩有前書「在原業平朝臣去伊勢國時，與齋宮皇女私
會，翌晨欲遣人致意不得其方之際，收到女方此首贈詩」。此詩與
下一首在原業平詩皆見於《伊勢物語》第六十九段。

在原業平（Ariwara no Narihira）

197〔卷十三：646〕

  我心一片暗，
  終夜迷離
  不知情——是夢
  抑或真，
  留予世人定

☆掻き暗す心の闇に迷ひにき夢う現とは世人定めよ

kakikurasu / kokoro no yami ni / madoiniki / yume utsutsu to wa /

yohito sadameyo

譯者說：此詩為在原業平答覆前一首短歌之作。

223

佚名

198〔卷十三：652〕

　　你如真愛我，
　　請將愛深藏，
　　切莫像著鮮艷
　　紫衫般空耀眼——
　　愛我變礙眼

☆恋しくは下にを思へ紫の根摺りの衣色に出づ莫ゆめ
koishikuba / shita ni o omoe / murasaki no / nezuri no koromo / iro ni
izu na yume

譯者說：日文原詩中「紫の根摺りの衣」指用紫草的根印染的衣服。

佚名

199〔卷十三：654〕
　相戀而須佯裝
　不識，萬一
　我因相思死，
　你能以何名義
　著麻布喪服？

☆思ふどち一人一人が恋ひ死なば誰に装へて藤衣着む
omoudochi / hitorihitori ga / koihishinaba / tare ni yosoete /
fujigoromo kin

譯者說：此詩有題「橘清樹秘密交往之女寄來之贈詩」。日語藤衣
（ふじごろも），指麻布喪服。

橘清樹（Tachibana no Kiyoki）

200 〔卷十三：655〕
　　果捨我而去，
　　思卿終日
　　淚濡袖——待得
　　黑夜臨，脫下
　　濕衣換喪服

☆泣き恋ふる涙に袖の濡ちなば脱ぎ替へがてら夜こそは着め

nakikouru / namida ni sode no / sobochinaba / nugikaegatera / yoru
koso wa kime

譯者說：此詩為橘清樹答覆前一首短歌之作。

小野小町（Ono no Komachi）

201〔卷十三：656〕
　　我知道在醒來的世界
　　我們必得如此，
　　但多殘酷啊──
　　即便在夢中
　　我們也須躲避別人的眼光

☆うつつにはさもこそあらめ夢にさへ人目をもると見るがわび
しさ

utsutu ni wa / sa mo koso arame / yume ni sae / hitome o moru to /
miru ga wabishisa

小野小町（Ono no Komachi）

202〔卷十三：657〕
　　　對你無限
　　　思念，來會我吧
　　　夜裡，
　　　至少在夢徑上
　　　沒有人阻擋

☆かぎりなき思ひのままに夜も来む夢路をさへに人はとがめじ

kagiri naki / omohi no mama ni / yoru mo kon / yumeji o sae ni / hito
wa togameji

小野小町（Ono no Komachi）

203〔卷十三：658〕

雖然我沿著夢徑
不停地走向你，
但那樣的幽會加起來
還不及清醒世界允許的
匆匆一瞥

☆夢路には足もやすめず通へどもうつつにひとめ見しごとはあ
らず

yumeji ni wa / ashi mo yasumezu kayoedomo / utsutsu ni hitome /
mishi goto wa arazu

佚名

204〔卷十三：659〕
河水洶湧高漲，
眾人眼目
如高堤——想要
一見思念的伊人
卻不能渡

☆思へども人目堤の高ければ河と見ながらえこそ渡らね
omoedomo / hitome tsutsumi no / takakereba / kawa to minagara / e
koso watarane

譯者說：《古今和歌集》歌作編撰貴在「化古為今，化枯為新」；譯
事亦當如是。我們先前曾嘗試中譯此詩如下，作為對《古今和歌集》
精神的致敬——「思念胸中湧，／眾目如高堤：伊人／河一方傳來
／衛星定位——／已讀能讀不能渡」。

佚名

205〔卷十三：660〕

　　我心洶湧如

　　滾滾急流——

　　區區俗眾目光

　　之堤，豈能

　　阻我愛的狂瀾

☆滾つ瀬の早き心を何しかも人目堤の堰き止むらむ

tagitsu se no / hayaki kokoro o / nan shi ka mo / hitome zutsumi no /
seki todomu ran

紀友則（Ki no Tomonori）

206〔巻十三：668〕
　　我戀難忍
　　今將爆——
　　讓它像耀目的
　　山橘大膽
　　炫露艷色吧

☆我が恋を忍びかねてはあしひきの山橘の色に出でぬべし
waga koi o / shinobikanetewa / ashihiki no / yama tachibana no / iro
ni idenu beshi

佚名

207 〔卷十三：669〕

憂世、憂人言，
相逢之日依然
罕如海藻——不如
大方出航，
海闊天空共枕

☆大方は我が名も湊漕ぎ出でなむ世をうみべたにみるめすくな
し

ōkata wa / waga na mo minato / kogiidenan / yo o umibeta ni /
mirume sukunashi

佚名

208〔卷十三：674〕
　　流言如群鳥
　　四處飛，今我已
　　聲名遠播──故作
　　無事又何用，
　　索性放膽同我行

☆群鳥の立ちにし我が名今更に事無しぶとも験あらめや
rmuadori no / tachinishi waga na / ima sara ni / koto nashibu tomo /
shirushi arame ya

伊勢（Ise）

209〔卷十三：676〕

枕頭有耳——
我們移開枕頭交頸
共寢，不染一塵，
何以流言仍如
飛塵揚滿天？

☆知ると言へば枕だにせで寝しものを塵ならぬ名の空に立つらむ

shiru to ieba / makura dani sede / neshi mono o / chiri naranu na no /
sora ni tatsu ran

伊勢（Ise）

210〔卷十四：681〕

即使在夢中
我不敢與你相會
——朝朝對鏡，
我為愛憔悴的
面影，讓我羞愧……

☆夢にだに見ゆとは見えじ朝な朝な我が面影に恥づる身なれば

yume ni dani / miyu to wa mieji / asa na asa na / waga omokage ni /
hazuru mi nareba

佚名

211〔卷十四：682〕

　　一如白浪於岩間
　　來回奔騰激盪，
　　我要不斷地見你
　　愛你，做愛你──
　　一次不夠

☆石間行く水の白浪立ち返りかくこそは見飽あかずもあるかな
ishima yuku / mizu no shiranami / tachikaeri / kaku koso wa mime /
akazu mo aru kana

237

佚名

212〔卷十四：690〕

是君來或我去？
猶豫不決間，我
睡著了──十六夜
月光，從未鎖的
杉木門溜進

☆君や来む我や行かむのいさよひに槇の板戸も鎖さず寝にけり
kimi ya kon / ware ya yukan no / isayoi ni / maki no itado mo / sasazu
ne nikeri

譯者說：日文原詩中「いざよい」（音isayoi）是掛詞，兼有「十六夜」
（陰曆十六夜的月亮）與「猶予」（猶豫不決）之意。

佚名

213〔卷十四：693〕
　　愛人啊，
　　你若不來，我將
　　不入房──縱然
　　夜寒霜降，在我
　　濃紫色髮帶上鍍銀

☆君来ずは閨へも入らじ濃紫我が元結に霜は置くとも
kimi kozuba / neya e mo iraji / komurasaki / waga motoyui ni / shimo
wa oku tomo

清原深養父（Kiyohara no Fukayabu）

214〔卷十四：698〕
　　「愛的渴望」──
　　誰替這一言難盡的
　　感覺取了錯誤
　　名字？應該直接
　　稱它：「死」

☆恋しとは誰が名づけけむ言ならむ死ぬとぞただに言ふべかり
ける

koishi to wa / ta ga nadzukeken / koto naran / shinu to zo tada ni / iu
bekarikeru

佚名

215 〔卷十四：704〕

鄉人流言
如夏草雜亂生，
你的愛意有一天或將
枯乾，將離我而去——
但現在我仍要見你

☆里人の言は夏野の繁くとも枯れ行く君に逢はざらめやは

satobito no / koto wa natsu no no / shigeku tomo / kareyuku kimi ni /
awazarame ya wa

譯者說：日文原詩中「枯れ行く」（漸漸枯萎，音 kareyuku）與「離
れ行く」（漸漸疏遠，音 kareyuku）同音，是掛詞。

在原業平（Ariwara no Narihira）

216〔卷十四：705〕

想要細問
你愛我不愛
卻難啟齒──
雨水知我心，
如淚滂沱降

☆数数に思ひ思はず問難み身を知る雨は降りぞ増される

kazukazu ni / omoi omowazu / toigatami / mi o shiru ame wa / furi zo
masareru

譯者說：此詩有前書「藤原敏行朝臣與業平朝臣家某女相好，某日
來信謂『今欲來訪，但被雨所困』，遂代某女詠答」。

242

佚名

217〔卷十四：712〕
　　人間若無
　　「虛偽」一事——
　　他說的字字句句
　　會讓我多麼
　　開心啊！

☆偽の無き世成せば如何許人の言の葉嬉しからまし
itsuwari no / naki yo nariseba / ika bakari / hito no koto no ha /
ureshikaramashi

佚名

218〔卷十四：713〕
　明知他說的是
　假話——但今世
　說真話、可信賴之人
　何在？只好
　假話當真了

☆偽と思ふ物から今更に誰が真をか我は頼まむ
itsuwari to / omou mono kara / ima sara ni / ta ga makoto o ka / ware
wa tanoman

244

佚名

219 〔卷十四：726〕

人心看不見，
卻此色
彼色千萬變——
不若秋紅葉
煩厭、易色有定時

☆千千の色に移ろふらめど知ら無くに心し秋の紅葉ならねば
chiji no iro ni / utsurou ramedo / shiranakuni / kokoro shi aki no /
momiji naraneba

譯者說：日文原詩中「秋」（あき，音 aki）與「厭き」（厭煩，音 aki）同音，是掛詞。

245

小野小町（Ono no Komachi）

220〔卷十四：727〕

我非海邊漁村

嚮導，何以他們

喧喧嚷嚷

抱怨我不讓他們

一覽我的海岸？

☆海人のすむ里のしるべにあらなくにうらみむとのみ人の言ふ
らむ

ama no sumu / sato no shirube ni / aranaku ni / uramin to nomi / hito
no iru ran

譯者說：在此首短歌裡，詩人對那些欲一親其芳澤的凡夫俗子們
說，她沒有義務讓他們入其私境，窺其心海。

246

佚名

221 〔卷十四：730〕

　　我要和那
　　久久難見的人
　　相會——所以，我
　　內衣帶子自動
　　解開，虛位以待嗎？

☆珍しき人を見むとやしかもせぬ我が下紐の解け渡るらむ

mezurashiki / hito o min toya / shika mo senu / waga shitahimo no /
tokewataru ran

247

佚名

222〔卷十四：731〕
　　熱氣蒸騰飄邈，
　　真是舊愛來耶
　　或否──春雨降落，
　　我忘情等待，
　　袖濕不絕

☆陽炎のそれかあらぬか春雨の降る日となれば袖ぞ濡れぬる
kagerō no / sore ka aranu ka / harusame no / furu hito nareba / sode zo
nurenuru

譯者說：「陽炎」（かげろふ），或稱陽氣，春夏陽光照射地面升起
的游動氣體。日文原詩中「降る日と」（ふるひと，音 furuhito，降
落之日）與「舊人」（ふるひと，昔人、故人）同音，為掛詞。

伊勢（Ise）

223〔卷十四：733〕

獨寢、思人的
我，把床鋪哭成
荒涼的大海，如果
我舉袖欲拂拭，
袖子將漂浮如海沫⋯⋯

☆海神と荒れにし床を今更に払はば袖や泡と浮きなむ
watatsumi to / arenishi toko o / ima sara ni / harawabe sode ya / awa
to ukinan

藤原因香（Fujiwara no Yoruka）

224〔卷十四：738〕

要來不來，你
手持玉矛四處跑，
推說總迷路——願路
讓你迷，到不了別家
條條通我家

☆玉桙の道は常にも惑はなむ人を訪ふとも我かと思はむ

tamaboko no / michi wa tsune ni mo / madowanan / hito o tou tomo /
ware ka to omowan

譯者說：日文原詩中的「玉桙」（たまぼこ），為飾有珠寶的矛，在
此詩中作為「道」的枕詞。

佚名

225 〔卷十四：739〕
　　起碼多待一會兒吧
　　當我求你別離去——
　　你若掉頭就走，
　　我會請前面的木板橋
　　讓你的馬斷腿

☆待てと言はば寝ても行かなんしひて行く駒の足折れ前の棚橋
mate to iwaba / nete mo yukanan / shiite yuku / koma no ashi ore /
mae no tanabashi

251

酒井人真（Sakai no Hitozane）

226〔卷十四：743〕
　　　所戀在人間，
　　　顯影在太空——
　　　每回我思慕
　　　渴望你，我
　　　仰首遠眺

☆大空は恋しき人の形見かは物思ふ毎に眺めらるらむ
aozora wa / koishiki hito no / katami ka wa / mono omou goto ni /
nagameraruran

佚名

227〔卷十四：744〕
　　你贈我，作為
　　下次相會信物的
　　禮物，於我何用？
　　見物不見人，
　　我心依然悲

☆逢ふまでの形見も我は何せむに見ても心の慰まなくに
au made no / katami mo ware wa / nani sen ni / mite mo kokoro no /
nagusamanaku ni

佚名

228〔卷十四：746〕

你留下的禮物
變成了我的敵人：
沒有它們，
我或可稍忘
片刻

☆形見こそ今はあだなれこれ無くは忘るる時もあらましものを
katami koso / ima wa adanare / kore nakuba wasuuru toki mo /
aramashi mono o

譯者說：此首《古今和歌集》卷十四裡未有作者名字的短歌，亦收
於私家集《小町集》中，判斷為小野小町之作。

在原業平（Ariwara no Narihira）

229〔卷十五：747〕

> 月，非
> 昔時月；春
> 非昔日
> 春——我身
> 仍是我身……

☆月やあらぬ春や昔の春ならぬ我が身ひとつはもとの身にして
tsuki ya aranu / haru ya mukashi no / haru naranu / waga mi hitotsu
wa / moto no mi ni shite

譯者說：此詩前書「五條皇后御所寢殿西廂住有一人，無意中與其相見，甚愛她。一月十日過後不久，伊人避居它處。雖打聽到其住所，但未得相見。忽忽一年，春天又到，梅花盛開，某一夜月色甚佳，回憶起去年之情，遂往西廂，臥於地上木板上，直至月落，有感而詠此歌。」此詩發想甚妙，一般我們說「物是人非」，在原業平觸景生情，卻反過來說：景物已非昔日景物，而人（他自己）依然是昔日那個有情人。此詩亦見於《伊勢物語》第四段。

255

在原元方（Ariwara no Motokata）

230〔卷十五：751〕

我不住在
遙遠的天空中，何以
你覺得我彷彿
異域異形——
不可及，不可得？

☆久方の天つ空にも住ま無くに人は他所にぞ思ふべらなる
hisakata no / amatsu sora ni mo / sumanaku ni / hito wa yoso ni zo /
omou beranaru

佚名

231〔卷十五：752〕
　　見了又想見，
　　百看亦不厭——
　　我纏著又
　　要見，果然
　　惹她討厭

☆見ても又又も見まくの欲しければ馴るるを人は厭ふべらなり
mite mo mata / mata mo mimaku no / hoshikereba / naruru o hito wa /
itou beranari

伊勢（Ise）

232〔卷十五：756〕
月亮與我心心
相印，每次
我悲傷難過，
它的淚顏，總
泊於我袖上……

☆合ひに合ひて物思ふころのわが袖に宿る月さへ濡るる顔なる
ai ni aite / mono omou koro no / waga sode ni / yadoru tsuki sae /
nururu kao naru

258

佚名

233 〔卷十五：761〕
晨曉鷸鳥搔羽
百多回──你不來
找我的夜裡，我
數又數，數又數
何止百又千

☆暁の鴫の羽掻き百羽がき君が来ぬ夜は我ぞ数かく
akatsuki no / shigi no hanegaki / momo hagaki / kimi ga konu yow a /
ware zo kazu kaku

259

佚名

234〔卷十五：775〕
月夜良夜，
情不自禁期待
良人來——啊，
不如天陰降雨，
心雖惆悵，早入眠

☆月夜には来ぬ人待たるかき曇り雨も降らなむ侘びつつも寝む
tsuki yo ni wa / konu hito mataru / kakikumori / ame mo furanan /
wabitsutsu mo nen

小野小町（Ono no Komachi）

235〔卷十五：782〕
　　晩秋小雨落，
　　我身亦垂垂老矣，
　　你的話如
　　落葉
　　也變了色

☆今はとてわが身時雨にふりぬれば言の葉さへに移ろひにけり
ima wa to te / waga mi shigure ni / furinureba / koto no ha sae ni /
utsuroinikeri

261

小野貞樹（Ono no Sadaki）

236〔卷十五：783〕
    我思慕的心
    如果真是
    樹葉——它們
    唯隨秋風
    亂飄散

☆人を思ふ心の木の葉にあらばこそ風の随に散りも乱れめ

hito o omou / kokoro no ko no ha ni / araba koso / kaze no manimani / chiri mo midareme

譯者說：此詩為小野貞樹答覆小野小町前一首短歌之作。

兵衛（Hyōe）

237〔卷十五：789〕

　　　我從鬼門關
　　　繞了一趟
　　　回來──薄情郎
　　　猶健在，我怎會
　　　搶先入關

☆死出の山麓を見てぞ帰りにしつらき人よりまづ越えじとて
shide no yama / fumoto o mite zo / kaerinishi / tsuraki hito yori /
mazu koeji to te

譯者說：此詩有題「臥病時，相好之人不來看我。病癒後，始來
訪。遂詠此以贈」。

263

伊勢（Ise）

238〔卷十五：791〕
　　我身猶如眼前
　　冬日原野——
　　期待野火燒
　　枯草，燒出
　　來春新芽

☆冬枯れの野辺と我が身を思ひせばもえても春を待たましもの
を

fuyugare no / nobe to waga mi o / omoiseba / moete mo haru o /
matamashi mono o

譯者説：此詩有題「憂思之際，見道旁野火燒燃有感而詠」。日文原
詩中「もえ」（音moe）是掛詞，兼有「燃え」（燃燒）與「萌え」（萌
芽）之意。春（はる，音haru）與「張る」（はる，伸展）也是雙關
語。播種前會先燒田——焚燒田地裡的雜草和莊稼的殘剩部分用作
肥料。

264

小野小町（Ono no Komachi）

239〔卷十五：797〕
　　褪色、變淡而
　　不被覺察的，
　　是稱為
　　「人心之花」的
　　這世中物

☆色見えでうつろふものは世の中の人の心の花にぞありける
iro miede / utsurou mono wa / yo no naka no / hito no kokoro no /
hana ni zo arikeru

藤原直子（Fujiwara no Naoiko）

240〔卷十五：807〕
　　　一如漁人刈割
　　　海藻，藻中割殼蟲
　　　哀鳴——我咎由
　　　自取，悲聲泣，
　　　豈能恨人世

☆海人の刈る藻に住む虫のわれからと音をこそ泣かめ世をば恨
見じ

ama no karu / mo ni sumu mushi no / warekara to / oto o koso nakame
/ yo oba uramiji

譯者說：日文原詩中「われから」（音 warekara）是雙關語，既指生
活在海藻上的節肢動物「割殼」（即海藻蟲、麥稈蟲、竹節蟲），亦
指「我から」（親自、出於自身地）。此詩亦見於《伊勢物語》第
六十五段。

佚名

241〔卷十五：821〕
　　秋風吹又吹，
　　吹過武藏野，
　　大揮秋毫，以
　　枯筆山水寫意——
　　草葉盡變色

☆秋風の吹きと吹きぬる武藏野は並べて草葉の色変りけり
aki kaze no / fuki to fukinuru / musashino wa / nabete kusaba no / iro
kawarikeri

譯者說：武藏野，位於武藏國之廣大原野，在今東京都、埼玉縣、
神奈川縣一帶。

小野小町（Ono no Komachi）

242〔卷十五：822〕
秋風冷漠地
吹落稻粒——
悲矣，我身
空虛
無所依……

☆秋風に遭う田の実こそ悲しけれ我が身空しくなりぬと思へば
aki kaze ni / au ta no mi koso / kanashikere / waga mi munashiku /
narinu to omoeba

譯者說：日文原詩中「秋」（あき）與「飽き」（厭煩）同音，為掛詞。
「田の実」（たのみ，音 tanomi，成熟的稻粒）與「頼み」（たのみ，
信賴）為掛詞。

佚名

243〔卷十五：824〕

以往聽人談論秋

以為事不關己——

如今我明白，它正是

用舊了我、即棄的

你這輕浮之徒之名

☆秋と言へば余所にぞ聞きし徒人の我を古るせる名にこそあり

けれ

aki to ieba / yoso ni zo kikishi / adabito no / ware o furuseru / na ni

koso arikere

譯者說：此詩亦為妙用掛詞（雙關語）之例。日文「秋」（音 aki）

與「飽き」（音 aki，意指厭煩、厭膩、多變不可信）同音。

【輯六】

雜歌等

佚名

244 〔卷七：346〕

　　祝君壽長

　　八千代，

　　再取吾齡添

　　君壽──留待

　　我去，思念我

☆我が齢君が八千代にとりそへてとどめおきては思ひ出にせよ

waga yowai / kimi ga yachiyo ni / torisoete / todome okiteba / omoide

ni seyo

譯者說：此詩選自《古今和歌集》卷七「賀歌」。

273

在原滋春（Ariwara no Shigeharu）

245 〔卷八：372〕
　　一別即將
　　相隔千里，
　　此際，雖然
　　執手共語──
　　我已想念你

☆別れては程を隔つと思へばやかつ見ながらにかねて恋しき
wakarete wa / hodo o hedatsu to / omoeba ya / katsu minagara ni /
kanete koishiki

譯者說：此詩選自《古今和歌集》卷八「離別歌」，有題「送友人離
京往他鄉」。

難波萬雄（Nainiwa no Yorozuo）

246〔卷八：374〕

逢坂應為
相逢地，此關
果真關心其
令名——當駐
君足，阻君行

☆あふ坂の関し真しき物ならば飽かず別るる君を止めよ

ōsaka no / seki shi masashiki / mono naraba / akazu wakaruru / kimi o
todomeyo

譯者說：此詩有題「逢坂關與人相別時所詠」，也是一首以地名逢坂
關中的「逢」字為趣味的詩。逢坂山位於京都府與滋賀縣交界處，
逢坂關為其關口。

佚名

247〔卷八：375〕

　　不忍聞君欲

　　別離，如裁刀

　　斷唐衣——

　　　君去朝露晞，

　　　我亦同消失

☆唐衣裁つ日は聞かじ朝露の置きてし行けば消ぬべき物を

kara koromo / tatsu hi wa kikaji / asatsuyu no / okite shi yukeba /

kenubeki mono o

譯者說：據說此詩為一婦人寫給其夫者，其夫獲命出任地方官，捨
其而與新妻同往，僅謂「明日啟程」。婦人別無怨言，詠此歌以贈。

紀貫之（Ki no Tsurayuki）

248〔卷八：381〕
別離
不是一種
顏色——
但其情
深染我心

☆別れてふことは色にもあらなくに心にしみてわびしかるらむ

wakare chō / koto wa iro ni mo / aranaku ni / kokoro ni shimite /
wabishikaru ran

譯者說：此詩有題「贈別」。

僧正遍昭（Henjō）

249〔卷八：392〕

願夕暮中此寺
籬圍如山影
矗立你眼前——
讓你今夜不得越，
留此與我宿

☆夕暮れの籬は山と見え無なむ夜は越えじと宿り取るべく
yūgure no / magaki wa yama to / mienanan / yoru wa koeji to / yadori
toru beku

譯者說：此詩有題「友人訪花山寺，夕暮將歸時所詠」。僧正遍昭是
花山寺住持。

凡河內躬恒（Ōshikōchi no Mitsune）

250〔卷八：399〕

別離
也欣喜——今宵
與君相見前，
猶不知此世
有誰讓我戀

☆別るれど嬉くもあるか今宵より相見ぬ先に何を恋ひまし
wakaruredo / ureshiku mo aru ka / koyoi yori / ai minu yori / nani o koimashi

譯者說：此詩有題「與兼覽王初次相談別時所詠」。

佚名

251〔卷八：400〕
離別情依依，
袖上淚珠
如白玉──顆顆
都是君面影，
珍藏伴我行

☆飽かずして別るる袖の白玉を君が形見とつつみてぞ行く
akazu shite / wakaruru sode no / shiratama wa / kimi ga katami to /
tsutsumite zo yuku

佚名

252〔卷九：409〕

　　朦朦朧朧地

　　我的思緒穿過

　　明石灣的朝霧，跟隨

　　一條消隱於遠處

　　小島後的船……

☆ほのぼのと明石の浦の朝霧に島隠れゆく舟をしぞ思ふ

honobono to / akashi no ura no / asagiri ni / shimagakure yuku / fune
o shi zo omou

譯者說：此首短歌選自《古今和歌集》卷九「羈旅歌」，描寫晨霧中
目送所愛者出航，船隻逐漸遠去，心思一片朦朧之情景。音韻優
美，隱約有一浪漫故事在焉。

藤原兼輔（Fujiwara no Kanesuke）

253〔卷九：417〕
　　夕暮月朦朧，
　　水影隱沒
　　玉匣中——須待
　　拂曉開匣蓋
　　重見閃亮二見浦

☆夕月夜おぼつか無きを玉匣二見の浦は明けてこそ見め

yūzuku yo / obotsukanaki o / tamakushige / futami no ura wa / akete koso mime

譯者說：此詩有題「往但馬國溫泉時滯留二見浦，晚餐後與同行人詠歌」。但馬國溫泉即今兵庫縣豐岡市城崎町的城崎溫泉，二見浦為豐岡市豐岡河口附近的海岸。此首短歌玩了不少文字遊戲：「玉匣」（たまくしげ，音tamakushige）是「蓋」（ふた，音futa）的枕詞，而「ふた」是日文「二見」（ふたみ，音futami）的前兩音節。「浦」（うら，音ura）與日文「裏」（うら，裡面、背面）同音。「明けて」（音akete，拂曉）則與「開けて」（音akete，開）同音。

菅原道真（Sugawara no Michizane）

254〔卷九：420〕

此行匆匆，
未及備妥奉幣——
幸有手向山
似錦紅葉作金幣，
懇請神笑納

☆此旅は幣も取合へず手向山紅葉の錦神の随に
kono tabi wa / nusa mo toriaezu / tamuke yama / momiji no nishiki /
kami no mani mani

譯者說：此詩有題「隨朱雀院宇多上皇赴奈良時，於手向山所詠」。
此次旅行時間在898年秋。日文「手向」（たむけ）意為獻給神的供
奉品。手向山，指奉有守路神，可在此獻祭的山。

283

在原滋春（Ariwara no Shigeharu）

255〔卷十：424〕

波浪擊淺灘，
眼前水沫亂飛
如珠玉——
拾之藏袖中
轉瞬消失如**空蟬**

☆波の打つ瀬見れば玉ぞ乱れける拾はば袖にはかなからむや
nami no *utsu* / *semi*reba tama zo / midarekeru / hirowaba sode ni / hakanakaran ya

譯者說：本書所譯第255至259這五首短歌皆選自《古今和歌集》卷十「物名歌」。物名歌可算是一種頗富諧趣的詩意的文字遊戲，一種「隱題」（隱し題）、「隱字」詩或「離合詩」（acrostic）——把詩的標題（某個物名）的字音拆解、嵌入詩作中，因而標題的意思和全詩內容、意涵有時未必有關。此處第255首詩有題「空蟬」，意為蟬或蟬蛻下來的空殼，音「utsusemi」——我們將隱於這幾首物名詩中的標題字音，在日文原詩下的羅馬拼音中以斜體標出。中文譯詩相對應的部分，則以粗體標出。

佚名

256〔卷十：432〕
　　夏去秋來，如今，
　　自傷似，樹
　　籬下，蟋蟀
　　邀寒風
　　夜夜聽悲鳴

☆秋は来ぬ今や籬の蟋蟀夜な夜な鳴かむ風の寒さに

aki wa kinu / ima *ya magaki no* / *ki*rigirisu / yona yona nakan / kaze no samusa ni

譯者說：此首物名歌有題「山柿樹」（yamagaki no ki）。

矢田部名實（Yatabe no Nazane）

257〔卷十：444〕
　　色澤突然更濃
　　更艷起來──何物
　　牽扭
　　花顏色？原來是
　　露珠扭染出異彩

☆うちつけに濃しとや花の色を見む置く白露の染むるばかりを
uchitsu*ke ni* / *koshi* to ya hana no / iro o min / oku shiratsuyu no /
somuru bakari o

譯者說：此首物名歌有題「牽牛花」（kenigoshi）。

安倍清行（Abe no Kiyoyuki）

258 〔卷十：456〕

　　波浪的打擊樂
　　今朝聽起來
　　音響非凡——啊
　　水上音樂也談情，
　　開始轉成春之調

☆波の音の今朝から異に聞こゆるは春の調や改るらむ

nami no oto / kesa *kara koto* ni / kikoyuru wa/　haru no shirabe ya /
ratamaru ran

譯者說：此首物名歌有題「立春日於唐琴（karakoto）所詠」。唐琴，
原意為中國古琴，此處為地名，即今岡山縣倉敷市兒島唐琴町。

都良香（Miyako no Yoshika）

259〔卷十：466〕

　　　不知從何源頭
　　　汩汩而出的
　　　淚河——一朝
　　　被赫**熾火**浪沖乾，
　　　深底當可見

☆流れ出る方だに見えぬ涙川沖干む時や底は知られむ

nagare izuru / kata dani mienu / namida gawa / *okihi*n toki ya / soko wa shiraren

譯者說：此首物名歌有題「熾火」（okihi），意為燃燒的炭火。日文原詩中的「沖干む」（おきひむ，音okihin），包含了此標題物的字音。

紀友則（Ki no Tomonori）

260〔卷十六：833〕

寝時見其姿，

醒時見其影——

此世果真

如空蟬，

盡在睡夢中？

☆寝ても見ゆ寝でも見えけり大方は空蝉の世ぞ夢には有ける

nete mo miyu / nede mo miekeri / ōkata wa / utsusemi no yo zo /

yume ni wa arikeru

譯者說：此詩選自《古今和歌集》卷十六「哀傷歌」，有題「藤原敏
行朝臣去世時，作此歌慰其家人」。

壬生忠岑（Mibu no Tadamine）

261〔卷十六：836〕
堰能斷急流，
成深淵
停留──恨無柵欄
阻你死別，
不赴黃泉

☆瀬を堰けば淵と成ても淀みけり別れを止むる柵ぞ無き
se o sekeba / fuchi to narite mo / yodomikeri / wakare o tomuru / shigarami zo naki

譯者說：此詩有題「姉亡時所作」。

紀貫之（Ki no Tsurayuki）

262 〔卷十六：838〕

雖知明日

非我身所有，

但在我今日猶存的

暮色裡，我為已

沒入黑暗的他悲

☆明日知らぬわが身と思へど暮れぬ間の今日は人こそかなしかりけれ

asu shiranu / waga mi to omoedo / kurenu ma no / kyō wa hito koso /
kanashikarikere

譯者說：此詩有題「寫於紀友則去世時」，是紀貫之悼念其堂兄紀友則之作。

佚名

263 〔卷十六：857〕

　　當我走後，
　　君若猶未忘
　　我種種生前事——
　　請逐展憐意
　　看山霞

☆数数に我を忘れぬ物ならば山の霞を憐れとは見よ

kazukazu ni / ware wasurenu / mono naraba / yama no kasumi o /
aware to wa miyo

譯者說：此詩有前書「式部卿敦慶親王娶閑院第五皇女為妃，未幾
許，五皇女去世，所居帳帷紐上結有一文，親王取而覽之，則囊昔
其康健時手書之歌也」。敦慶親王為宇多天皇之子。

佚名

264〔卷十七：863〕
　　露珠
　　晶亮垂落
　　我身——莫非是
　　牛郎搖槳渡天河
　　銀晃晃水溢灑

☆我が上に露ぞ置くなる天の河門渡る舟の櫂のしづくか
waga ue ni / tsuyu zo oku naru / ama no gawa / to wataru fune no / kai
no shizuku ka

譯者說：此詩選自《古今和歌集》卷十七「雜歌上」。

佚名

265〔巻十七：865〕
今日歓娯
多，如何盡
包藏──請將唐衣
袖袂裁更寬，
一攬而返

☆嬉しきを何につつまむ唐衣袂寛に裁てと言はましを
ureshiki o / nani nitsu tsumamu / kara koromo / tamoto yutaka ni /
tate to iwamashi o

僧正遍昭（Henjō）

266〔卷十七：872〕

　　天風啊，
　　請將雲中的
　　通路吹閉，
　　暫留少女們
　　之仙姿！

☆天つ風雲の通ひ路吹きとぢよ乙女の姿しばしとどめむ
amatsu kaze / kumo no kayoiji / fukitoji yo / otome no sugata /
shibashi todomen

譯者說：此詩有題「見五節舞姬」，收於《古今和歌集》卷十七，後
亦被選入知名選集《小倉百人一首》，為僧正遍昭出家前之作。「五
節」是每年十一月「新嘗祭」時於宮中舉行的儀慶。選王公貴族家
美少女四、五名擔任舞姬，起源自天武天皇行幸吉野時，有天女從
天而降，舞姿曼妙，引人入勝，因此宮中每年效之。

兼藝法師（Kengei）

267〔卷十七：875〕
我的形貌雖
如深山
朽木——
只要愛意在，
心花隨時開

☆形こそ深山隠れの朽木なれ心は花になさばなりなむ

katachi koso / miyamagakure no / kuchiki nare / kokoro wa hana ni /
nasaba nari nan

譯者說：此詩有題「諸女見我而笑，遂詠此作」。

在原業平（Ariwara no Narihira）

268〔卷十七：884〕
　　　皎色
　　　猶未飽餐，月
　　　已隱沒——山峰啊
　　　請自動偏離，
　　　不要讓月被遮蔽

☆飽か無くにまだきも月の隠るるか山の端逃げて入れずもあらなむ

akanaku ni / madaki mo tsuki no / kakururu ka / yama no ha nigete / irezu mo aranan

譯者說：此詩有題「隨惟喬親王狩獵歸宿，夜飲酣談，十一日之月隱沒時親王亦醉入內，乃作此歌」。惟喬親王（844-897），文德天皇第一皇子。此詩亦見於《伊勢物語》第八十二段。

佚名

269〔卷十七：895〕
　　早知老
　　將至，閉門
　　緊鎖答
　　「不在」，
　　拒它於門外！

☆老いらくの来むと知りせば門さしてなしと答へてあはざらましを

oiraku no / kon to shiriseba / kado sashite / nashi to kotaete /
awazaramashi o

譯者說：《古今和歌集》卷十七裡，這位深鎖「防老門」的無名氏作
者可謂大發奇想的全能保全系統先驅，萬能門鎖發明者！

在原棟樑（Ariwara no Muneyana）

270〔卷十七：902〕
　　白雪
　　八重降，層層
　　覆歸山——冬去
　　冬又歸，
　　年年髮增白

☆白雪の八重降り敷ける帰山返る返るも老いにける哉
shirayuki no / yae furushikeru / kaeru yama / kaerugaeru mo /
oinikeru kana

譯者說：此詩有題「寬平帝時後宮歌會時所作」。日文詩中的「帰
山」（かへる山），位於今福井縣南條郡今莊町。詩人說白雪一層層
覆蓋「歸山」，年歲也反覆周轉，讓人逐日變老髮變白。

299

伊勢（Ise）

271〔卷十七：920〕
　　水上的浮舟
　　如若是君——
　　「來我處
　　停泊吧！」是
　　我想說之話

☆水の上に浮べる舟の君ならばここぞ泊りと言はまし物を
mizu no ue ni / ukaberu fune no / kimi naraba / koko zo tomari to /
iwamashi mono o

譯者說：此詩有前言謂「敦慶親王家池中，新造之舟入水日舉行遊宴，宇多天皇親臨觀覽，傍晚天皇回宮時，我作此歌獻給他。」詠此歌時，伊勢是宇多天皇的「更衣」，她為天皇所幸，生一皇子。後來宇多天皇出家，伊勢離宮，受寵於敦慶親王，生女兒中務。此詩中，她把天皇比作「水上浮舟」，把自己比作水池，說己身即是天皇的歸宿。

真静法師（Shinsei）

272〔卷十七：921〕

浪是琴弦，

風是

撥彈手——唐琴

海上仙樂飄，

聲威遠傳都城

☆都迄響通へる唐琴は浪の緒すげて風ぞ彈きける

miyako made / hibiki kayoeru / karakoto wa / nami no o sugete / kaze zo hikikeru

譯者說：此詩有題「於名為唐琴之地所作」。

在原行平（Ariwara no Yukihira）

273〔卷十七：922〕
願遍拾飛瀑
四濺之
珍珠，借為
我憂愁時
淚珠……

☆こき散らす滝の白玉拾ひおきて世の憂き時の涙にぞ借る
kokichirasu / taki no shiratama / hiroiokite / yo no uki toki no /
namida ni zo karu

譯者說：此詩有題「於布引瀑布所詠」。布引瀑布在今兵庫縣神戶市。

在原業平（Ariwara no Narihira）

274〔卷十七：923〕
是誰抽斷
珠緒，頃刻間
大珠小珠
亂飛濺，
袖狹難盡納

☆抜き乱る人こそあるらし白玉の間なくも散るか袖の狭きに
nukimidaru / hito koso aru rashi / shiratama no / manaku mo chiru ka
/ sode no sebaki ni

譯者說：此詩有題「於布引瀑布下，眾人相聚歌詠時所詠」。

承均法師（Zōku）

275〔卷十七：924〕
　　誰家白布
　　長又長，
　　掛在這裡晾曬？
　　經年累月，未見
　　有人來收取

☆誰が為に引きて晒せる布なれや世を経て見れどとる人も無き
ta ga tame ni / hikite saraseru / nuno nare ya / yo o hete miredo / toru
hito mo naki

譯者説：此詩有題「見吉野瀑布而詠」。

神退法師（Shintai）

276〔卷十七：925〕
　　啊，真希望
　　能把清瀧瀑布
　　清澈的白絲，織成
　　我山中修行時
　　穿的衣服

☆清滝の瀬瀬の白糸くりためて山分け衣織りて着ましを
kiyotaki no / seze no shiraito / kuritamete / yamawakegoromo / orite
kimashi o

小野小町（Ono no Komachi）

277〔卷十八：938〕

此身寂寞

漂浮，

如斷根的蘆草，

倘有河水誘我，

我當前往

☆わびぬれば身をうき草の根をたえてさそふ水あらばいなむと
ぞ思ふ

wabinureba / mi o ukigusa no / ne o taete / sasou mizu araba / inan to
zo omou

譯者說：收於《古今和歌集》卷十八「雜歌下」的此首短歌是小町
晚年之作。也是「六歌仙」之一的歌人文屋康秀赴任三河掾時，邀
其同往鄉縣一視，小町乃作此歌答之。

佚名

278〔卷十八：948〕
　　這世界萬古以來
　　就如此令人
　　愁嗎——
　　或者為了酬
　　我一人而變如此？

☆世の中は昔よりやはうかりけむ我が身ひとつのためになれる
か

yo no naka wa / mukashi yori ya wa / ukariken / waga mi hitotsu no /
tame ni nareru ka

譯者說：此首短歌奇想大發，這位無名氏作者顯然是高人一等，「前
不見古人，後不見來者」的大思想家。

平貞文（Taira no Sadafun）

279〔卷十八：964〕

這苦惱
浮世，大門洞開
沒有鎖——
何以抽身而出
如此難？

☆憂き世には門鎖せりとも見え無くになどか我が身の出難てにする

ukiyo ni wa / kado saser itomo / mienaku ni / nado ka waga mi no / idegate ni suru

譯者說：此詩有題「官職被解時所詠」。

308

佚名

　　三輪山下
　　陋庵在，君若
　　有意來訪我——
　　杉樹一棵
　　是我門

☆我が庵は三輪の山もと恋しくは訪らひ来ませ杉立てる門

waga io wa / miwa no yama moto / koishikuba / toburai kimase /
sugitateru kado

譯者說：三輪山，在奈良盆地東南方，古稱神山，山中杉、松、檜
等古木參天。

309

僧正遍昭（Henjō）

281〔卷十八：985〕

我正感這應是
某遺世之人
幽居處——如泣
如訴的琴音
又入耳添我愁

☆侘び人の住むべき宿と見るなへに嘆き加はる琴の音ぞする

wabihito no / sumubeki yado to / mirunabe ni / nageki kuwawaru /
koto no oto zo suru

譯者說：《古今和歌集》卷十八裡這首短歌署名「良岑宗貞」，是僧
正遍昭出家前之作，有題「往奈良時，聞女子在破敗屋中彈古琴，
詠此歌以贈」。

紀友則（Ki no Tomonori）

282〔卷十八：991〕

歸來故里，往昔
面容無復存，
世事如奕棋——斧柯
朽爛處，我心
迷未出⋯⋯

☆故里は見し如も有らず斧の柄の朽ちし所ぞ恋しかりける
furusato wa / mishi goto mo arazu / ono no e no / kuchishi tokoro zo /
koishikarikeru

譯者說：此詩有題「於筑紫時每與友人對奕，歸任京都後詠此歌以
贈」，是一首如唐傳奇〈枕中記〉（又稱〈黃粱夢〉）或美國短篇小
說〈李伯大夢〉（Rip Van Winkle）般嘆世事變幻之速、之奇的短歌。
此詩化用了南朝梁任昉《述異記》中「斧柯朽爛」之典——「信安
郡石室山，晉時王質伐木，至，見童子數人，棋而歌，質因聽之。
童子以一物與質，如棗核，質含之，不覺飢。俄頃，童子謂曰：『何
不去？』質起，視斧柯爛盡，既歸，無復時人。」斧柯，即斧柄。

陸奧（Michinoku）

283〔卷十八：992〕
　　談心猶未飽足，
　　是否我的魂
　　不忍別離，遁入你
　　袖內——如今
　　我覺得失魂落魄

☆飽かざりし袖の中にや入りにけむ我が魂の無心地する
akazarishi / sode no naka ni ya / iriniken / waga tamashii no / naki
kokochi suru

譯者說：此詩有題「與女友人話舊，別後詠此以贈」。

312

藤原勝臣（Fujiwara no Kachion）

284〔卷十八：999〕
　　願無人知曉的
　　我的衷心
　　如春霞升空
　　讓君上
　　明目看見

☆人知れず思ふ心は春霞たちいでて君が目にも見えなむ

hito shirezu / omou kokoro wa / harugasumi / tachi idete kimi ga / me
ni mo mienan

譯者說：此詩有題「寬平帝時奉詔作歌」。

佚名

285 〔卷十九：1001〕

相逢之事
日益稀，思念
伊人讓我悲，
我身常鬱鬱，
如烏雲遮天
無晴時。
富士山頭火
燃燒永不熄——
我的愛火亦如是，
相逢事難，
何須對伊
心生怨懟？

內心的渴望
如汪洋大海
深不可測，
種種相思
如今卻
徒然成空。
一如逝水滔滔
無法停息，
我的思念湧現、

糾結如香蕈泡，
倘若此身如降落
之雪終須消失，
就讓其消失吧，
我，浮世的短暫
過客，我的相思
卻深邃無止盡。

如同流過山腳下
隱藏於樹林
深處的小溪，
我激動的
心思，要
向誰傾訴？

我怕若形於色，
他人會知曉，
夕暮終臨，在
如墨染的夜裡
我形單影隻，
自憐又自憐，
哀嘆之餘
無計可施，
唯有步入庭中

徘徊靜立，
倘若此身如
垂落於我
白色衣袖上的
露水終須消失，
就讓其消失吧，
我的嘆息卻倍增。

春霞升起，
伊人在天一方：我
遠眺，期待相逢……

☆逢事の／稀なる色に／思ひ初／我が身は常に／天雲の／晴る
る時無く／富士の嶺の／燃えつつ永久に／思へども／逢事難し
／何しかも／人を恨みむ／／大海原の／沖を深めて／思ひてし
／思ひは今は／徒に／成ぬべら也／逝水の／絶ゆる時無く／香
泡に／思ひ乱れて／降る雪の／消なば消ぬべく／思へ今も／闇
浮の身為れば／猶止まず／思ひは深し／／足引の／山下水の／
木隠れて／激つ心を／誰にかも／相語らはむ／／色に出でば／
人知りぬべみ／墨染めの／夕べに成れば／独居て／憐れ憐れと
／嘆き余り／為む術無みに／庭に出でて／立休らへば／白妙の
／衣の袖に／置く露の／消なば消ぬべく／思へども／猶嘆かれ
ぬ／／春霞／余所にも人に／逢はむと思へば

au koto no / mare naru iro ni / omoisome / waga mi wa tsune ni /

amagumo no / hareruru toki naku/ fuji no ne no / moetsutsu to wa ni /

omoedomo / au koto katashi / nani shi ka mo / hito o uramin //

watatsumi no / oki o fukamete / omoiteshi / omoi wa ima wa / itazura ni / narinu beranari / yuku mizu no / tayuru toki naku / kaku nawa ni / omoimidarete / furu yuki no / kenaba kenubeku / omoedomo / ebu no mi nareba / nao yamazu / omoi wa fukashi // ashihiki no / yama shita mizu no / ko kakurete / tagitsu kokoro o / dare ni ka mo / aikatara wan // iro ni ideba / hito shirinubemi / sumizome no / yūbe ni nareba / hitori ite / aware aware to // nageki amari / sen sube nami ni / niwa ni idete / tachiyasuraeba / shirotae no / koromo no sode ni / oku tsuyu no / kenaba kenu beku / omoedomo / nao nagekarenu // harugasumi / yoso ni mo hito ni / awan to omoeba

譯者說：收於《古今和歌集》卷十九「雜體」裡的這首詩，體制上是由 5-7-5-7……5-7-7 等音節連成的「長歌」（chōka）。詩中的「香菓泡」（日文「香泡」，かくなわ），是一種以麵粉製成、捲曲狀的油炸糕點。

紀貫之（Ki no Tsurayuki）

286〔卷十九：1010〕
　　彷彿君所戴——
　　三笠山頭
　　笠絢麗，
　　紅葉顏色是
　　十月陣雨
　　染成的……

☆君がさす三笠の山のもみぢ葉の色神無月時雨の雨の染めるなりけり

kimi ga sasu / mikasa no yama no / momijiba no iro / kannazuki /
shigure no ame no / someru narikeri

譯者說：收於《古今和歌集》卷十九「雜體」裡的這首詩，是由三十八音節（5-7-7-5-7-7）構成的「旋頭歌」（sedōka）。

凡河內躬恒（Ōshikōchi no Mitsune）

287〔卷十九：1015〕

枕邊私語
猶未盡，
轉眼天已明——
誰說
秋夜長？

☆睦言も未だ尽き無くに明けぬめり何方は秋の長してふ夜は
mutsugoto mo / mada tsukinaku ni / akenu meri / izura wa aki no /
nagashi tefu yo wa

譯者說：此處所譯第287至297首，皆選自卷十九「雜體」裡的「俳諧歌」。

佚名

288〔卷十九：1022〕

本來以為
已化成灰的
舊戀──變成了神，
夜夜作祟
使我不能寢

☆石上古りにし恋の神さびて祟るに我は寝ぞ寝かねつる
isonokami / furinishi koi no / kamusabite / tataru ni ware wa / i zo ne kanetsuru

佚名

289〔卷十九：1023〕

從枕邊和腳邊
愛神兩頭
來追攻——
抗衡全無方，
只好蜷曲床中央

☆枕よりあとより恋の追めくればせむ方無みぞ床中に居る

makura yori / ato yori koi no / semekureba / senkata nami zo / toko
naka ni oru

321

佚名

290〔卷十九：1024〕
　　聽說戀愛
　　歷來自有其
　　種種解方——但
　　何以我或坐或立
　　依然心神不安

☆恋しきが方も方こそ有と聞け立てれ坐れども無き心地哉
koishiki ga / kata mo kata koso / ari to kike / tatere oredomo / naki
kokochi kana

佚名

291〔卷十九：1026〕

　　果能得「耳無山」
　　名「口無」的梔子
　　預染我戀情，遂我兩人
　　情欲——當不怕
　　有誰亂聽、亂說

☆耳なしの山のくちなしえてしかな思ひの色の下染めにせむ

miminashi no / yama no kuchinashi / eteshi gana / omoi no iro no /
shitazome ni sen

譯者說：日語「耳なしの山」，寫做「耳無山」或「耳成山」（在今
奈良縣橿原市）。詩中「くちなし」（音kuchinashi）一詞，有「梔子」
與「口無」雙重意思。日語「下染」，謂混用兩種以上染料染色時，
先行染其中一種顏色。

小野小町（Ono no Komachi）

292〔卷十九：1030〕
　　見不到你
　　在這沒有月光的夜，
　　我醒著渴望你。
　　我的胸部熱脹著，
　　我的心在燃燒

☆人に逢はむ月のなきには思ひおきて胸はしり火に心やけをり
hito ni awan / tsuki no naki ni wa / omoi okite / mune hashiribi ni /
kokoro yakeori

凡河內躬恒（Ōshikōchi no Mitsune）

293 〔卷十九：1035〕
  一如薄薄一層
  蟬羽般的夏衣變柔
  起漣漪——習慣
  我後，你鐵石的心
  也會變軟

☆蝉の羽の一重に薄き夏衣慣れば寄りなむ物にやはあらぬ
semi no ha no / hitoe ni usuki / natsu goromo / nareba yorinan / mono
ni ya wa aran

佚名

294〔卷十九：1040〕
　　嘴巴說只愛
　　我一人——我哪能
　　信？他像祭神
　　驅邪的器具一樣
　　眾人碰、眾人摸

☆我をのみ思ふと言はばあるべきをいでや心は大幣にして
ware o nomi / omou to iwaba / arubeki o / ide ya kokoro wa / ōnusa ni
shite

譯者說：日文原作中的「大幣」（おおぬさ），為日本神道祭儀中祭
神、驅邪、祓除罪孽之道具。

佚名

295〔卷十九：1041〕
　　愛我的人
　　我不愛——回報
　　果然明快：
　　我愛的人
　　不愛我

☆我を思ふ人を思はぬ報いにや我が思ふ人の我を思はぬ
ware o omou / hito o omowanu / mukui ni ya / waga omou hito no /
ware o omowanu

327

佚名

296〔卷十九：1043〕

　　　我的愛人將
　　　出行，無計
　　　留住他──連鄰居們
　　　也沒有人及時打個
　　　噴嚏，讓他不要出門

☆出行かむ人を留めむ由無きに隣の方に鼻もひぬかな

idete yukan / hito o todomen / yoshinaki ni / tonari no kata ni / hana
mo hinu kana

譯者說：打噴嚏被認為是惡兆。若聞噴嚏聲，詩中寡情郎或會考慮
留在原處不離去。

佚名

297〔卷十九：1058〕
　　相戀是重荷，
　　若不得
　　相會
　　做扁擔，
　　千鈞苦難扛

☆人恋ふることを重荷となひもてあふごなきこそわびしかり
けれ

hito koruru / koto o omo ni to / ninai mote / augo naki koso /
wabishikarikere

譯者說：此首短歌甚為可愛。作者或為一女子，渴盼她的戀人胸懷
色膽，勤奮做「擔夫」。

佚名

298〔卷二十：1081〕

撚青柳的細絲
為線，黃鶯
穿梭花柳間，縫
織出一頂笠——
一頂梅花笠

☆青柳を片糸に縒りて鶯の縫ふてふ笠は梅の花笠

aoyagi o / kata ito ni yorite / uguisu no / nū chō kasa wa / ume no
hanagasa

譯者說：此首短歌選自《古今和歌集》卷二十裡的「神樂歌」，有題「返物歌」（返し物の歌），意為調式轉變之歌——由小調（呂）轉為大調（律）。此詩頗曼妙動人，本書所譯第22首短歌即取此詩意象為母題（本歌），加以發展、變奏。

佚名

299〔卷二十：1091〕
　　侍從們，務請
　　告訴你們的主公
　　把笠戴上，宮城野
　　樹林裡滴落的
　　露珠，比雨還多！

☆みさぶらひ御笠と申せ宮城野の木この下露は雨にまされり
misabura / mikasa to mōse / miyagi no no / kono shita tsuyu wa / ame
ni masareri

譯者說：此首短歌選自《古今和歌集》卷二十裡之「東歌」（東國諸
郡之民歌），聲調鏗鏘，非常有趣。

佚名

300〔卷二十：1093〕
　　我對君一心，
　　若違此誓
　　生二意——
　　波濤翻越
　　末松山！

☆君をおきてあだし心を我がもたば末の松山浪も越えなむ
kimi o okite / adashi gokoro o / waga motaba / suenomatsu yama /
nami mo koenan

譯者説：此詩選自《古今和歌集》卷二十之「東歌」，有題「陸奥
歌」——陸奥地區民歌。末松山，位於今宮城縣多賀城市之小丘陵
（參閱本書第128首譯詩）。

332

佚名

301〔卷二十：1096〕

　　一如筑波山上
　　四處飄散、堆積的
　　紅葉——那些識
　　與不識的女子
　　全都讓人喜愛

☆筑波嶺の峯の紅葉落ち積もり知るも知らぬも並べて愛しも

tsukubane no / mine no momijiba / ochitsumori / shiru mo shiranu mo
/ nabete kanashi mo

譯者說：此詩選自《古今和歌集》卷二十裡之「東歌」，有題「常陸
歌」——常陸地區的民歌。原文中的「筑波嶺」即今茨城縣筑波山，
古時男女每年於特定時日群聚於此歌舞、求愛、交歡。

333

佚名

果實累累，齊偏向
一側的梨樹枝，遮覆了
大半個麻生海岸——
我們要不要到它底下
躺躺，繼續聊聊⋯⋯

☆をふの浦に片枝さしおほひなる梨のなりもならずも寝て語ら
はむ

ofu no ura ni / katae sashi ōi / naru nashi no / nari mo narazu mo /
nete katarawan

譯者說：此詩有題「伊勢歌」。伊勢在今三重縣東南部，以伊勢神宮
聞名。麻生海岸（日語「をふの浦」：麻生の浦），所在位置未詳。

334

藤原敏行（Fujiwara no Toshiyuki）

303〔卷二十：1100〕
賀茂神社
姬小松，
歷經萬世
葉色
長青蔥

☆ちはやぶる賀茂の社の姬小松万世経とも色は変らじ

chihayaburu / kamo no yashiro no / hime komatsu / yorozu yo fu
tomo / iro wa kawaraji

譯者說：此詩有題「冬日賀茂祭之歌」，是《古今和歌集》最後一首
詩。冬日賀茂祭，指賀茂神社於十一月舉行之祭禮。日文原詩最開
頭的「ちはやぶる」（千早振る），是用來修飾「神」的枕詞（參閱
本書第143首譯詩）。姬小松，謂優雅如女孩之小松，或稱五針松。

歌人小傳／索引

此索引將無名氏作者「佚名」置於最前面，其餘依作者姓名羅馬字拼音 A 到 Z 順序排列。每位歌人小傳之後出現的斜體數字，是本書所選譯的三百零三首詩的編號。

佚名
《古今和歌集》共收和歌 1100 首，其中作者未詳之歌約 450 首。饒富意味的是《古今和歌集》中頗多絕佳之作都是無名氏所作。

安倍清行（Abe no Kiyoyuki, 825-900）
平安時代前期貴族、歌人。大納言安倍安仁之子。官至從四位上、贊岐守。《古今和歌集》中收其歌作二首。

在原元方（Ariwara no Motokata, 約活躍於 900 年前後）
約生於 860 年代，卒年不詳，平安時代前期歌人。在原業平之孫，在原棟樑之子，大納言藤原國經的養子。官至從正五位下、美作守。中古三十六歌仙之一。《古今和歌集》中收其歌作十四首。

在原棟樑（Ariwara no Muneyana, ?-898）

約生於840年代後半，平安時代前期貴族、歌人。在原業平的長子。官至從五位上、左衛門佐。中古三十六歌仙之一。《古今和歌集》中收其歌作四首。

【本書選譯三首】→ *10, 95, 270*

在原業平（Ariwara no Narihira, 825-880）

平安時代前期歌人。平城天皇第一皇子阿保親王的第五子。歷任內外官吏，官至從四位上。《古今和歌集》序文中論及的「六歌仙」之一，也是三十六歌仙之一。平安時代著名和歌物語《伊勢物語》中收錄了許多他的和歌，該書主人公據信是以其為原型。他為人風流倜儻，《日本三代實錄》稱其「體貌閑麗，放縱不拘」，後世每多以「日本第一美男」稱之。鎌倉時代一本《伊勢物語》注釋書《和歌知顯集》，稱其一生共與3733位女子相交。《古今和歌集》中收其歌作三十首。

【本書選譯十二首】→ *30, 60, 116, 137, 186-188, 197, 216, 229, 268, 274*

在原滋春（Ariwara no Shigeharu, ?-905?）

約生於850年代，平安時代前期歌人。在原業平之二子，在原棟樑之弟，亦稱在次君。官職少將。《古今和歌集》中收其歌作六首。

【本書選譯二首】→ *245, 255*

在原行平（Ariwara no Yukihira, 818-893）

平安時代前期公卿、歌人。在原業平之兄。官至正三位、中納言。《古今和歌集》中收其歌作四首。

【本書選譯二首】→ *14, 273*

藤原勝臣（Fujiwara no Kachion, *約活躍於890年前後*）

約生於850年代，卒年不詳，平安時代前期官員、歌人。大和守藤原長岡之孫，越後介藤原發生之子。883年官五位、阿波權掾。《古今和歌集》中收其歌作四首。

【本書選譯一首】→ *284*

藤原兼輔（Fujiwara no Kanesuke, 877-933）

平安時代前期至中期公卿、歌人。平安時代著名女作家紫式部的曾祖父。官至從三位、中納言。有私家集《兼輔集》。三十六歌仙之一。《古今和歌集》中收其歌作四首。

【本書選譯一首】→ *253*

藤原直子（Fujiwara no Naoiko, *約活躍於900年前後*）

約生於850年代，卒年不詳，平安時代前期女官、女歌人。《古今和歌集》標示其名為「典侍藤原直子朝臣」，874年官從五位下，902年正四位下。《古今和歌集》中收她的歌作一首。

【本書選譯一首】→ *240*

藤原興風（Fujiwara no Okikaze, *約活躍於900年前後*）

生卒年不詳，平安時代前期官員、歌人。900年任相模掾，904年任上野權大掾，914年任下總權大丞，最終官位正六位上。有私家集《興風集》。三十六歌仙之一。《古今和歌集》中收其歌作十七首。

【本書選譯五首】→ *46, 59, 128, 170, 171*

藤原敏行（Fujiwara no Toshiyuki, ?-901）

約生於830年代，平安時代前期官員、歌人、書法家。官從四位上、右兵衛督。有私家集《敏行集》。三十六歌仙之一。《古今和歌集》中收其歌作十九首。

【本書選譯六首】→ *73, 92, 94, 100, 196, 303*

藤原因香（Fujiwara no Yoruka, *約活躍於 875 年前後*）

約生於 850 年代，卒年不詳，平安時代前期女官、歌人。871 年官從五位下，897 年從四位下、掌侍，後為典侍。父贈太政大臣藤原高藤。《古今和歌集》中收她的歌作四首。

【本書選譯二首】→ *36, 224*

藤原良房（Fujiwara no Yoshifusa, 804-872）

平安時代前期公卿、歌人。官從一位攝政太政大臣、贈正一位。妻為嵯峨天皇皇女源潔姬，女兒明子為文德天皇之妃。《古今和歌集》中收其歌作一首。

【本書選譯一首】→ *29*

藤原好風（Fujiwara no Yoshikaze, *約活躍於 900 年前後*）

約生於 860 年代，卒年不詳，平安時代前期貴族、歌人。898 年任左兵衛少尉，903 年任右衛門尉，926 年任從五位下、出羽介。《古今和歌集》中收其歌作一首。

【本書選譯一首】→ *38*

文屋朝康（Funya no Asayasu, *約活躍於 900 年前後*）

約生於 850 年代，卒年不詳，平安時代前期官員、歌人。文屋康秀之子。896 年任駿河掾，902 年任大舍人大允。《古今和歌集》中收其歌作一首。

【本書選譯一首】→ *89*

文屋康秀（Funya no Yasuhide, *約活躍於 860 年前後*）

約生於 820 年代，卒年不詳，平安時代前期官員、歌人。860 年任中判事，877 年任山城大掾，879 年任縫殿助（相當於從六位上）。號文琳，《古今和歌集》序文中論及的「六歌仙」之一，也是三十六歌仙之一。《古今和歌集》中收其歌作五首。

【本書選譯二首】→ *6, 98*

布留今道（Furu no Imamichi, 約活躍於860-900年間）
約生於830年代，卒年不詳，平安時代前期貴族、歌人。861年任內藏少屬，882年官從五位下，898年任三河介。《古今和歌集》中收其歌作三首。
【本書選譯一首】→ *91*

春道列樹（Harumichi no Tsuraki, ?-920）
約生於880年代，平安時代前期官員、歌人。910年考取「文章生」，後曾任大宰大監，920年任命為官六位、壹岐守，赴任前過世。《古今和歌集》中收其歌作三首。
【本書選譯三首】→ *120, 134, 183*

春澄洽子（Haruzumi no Amaneiko, 九世紀下半葉前後）
約生於840年代後半，卒年不詳。平安時代前期女官、女歌人。本名春澄高子，與皇太夫人藤原高子同名因而改名，父為春澄善繩。《古今和歌集》標示其為「典侍洽子朝臣」，877年官正五位下、887年從四位下、896年從四位上，902年追贈從三位。《古今和歌集》中收她的歌作一首。
【本書選譯一首】→ *47*

僧正遍昭（Henjō, 816-890）
平安時代前期歌人，本名良岑宗貞，是桓武天皇的孫子。仁明天皇時官至從五位上。850年仁明天皇去世後，悲慟出家，時三十五歲，法名遍昭。869年創建花山寺（元慶寺），任住持。《古今和歌集》序文中論及的「六歌仙」之一，也是三十六歌仙之一。歌風輕妙灑脫，《古今和歌集》中收其歌作十七首。
【本書選譯八首】→ *17, 41, 53, 70, 90, 249, 266, 281*

兵衛（Hyōe, 870?-?）

約生於870年前後，卒年不詳。平安時代前期女歌人。父藤原高經為右兵衛督，官從四位下。夫據說為藤原忠房。《古今和歌集》中收她的歌作二首。

【本書選譯一首】→ *237*

伊勢（Ise, 874?-938?）

又稱伊勢御、伊勢御息所，平安時代前期女歌人。父為曾任伊勢守的藤原繼蔭。伊勢年輕時出仕於宇多天皇中宮藤原溫子，後為宇多天皇所幸，成為「更衣」，生下一皇子。宇多天皇讓位、出家後，她受寵於宇多天皇的皇子、敦慶親王，生下一女中務。伊勢據說相貌絕美，且多才，善音樂，是當時最活躍、最受肯定的女歌人。她歌風細膩洗練，情感熱烈又不失機智、幽默，與小野小町並稱為平安時代前期女歌人之雙璧。有私家集《伊勢集》，收歌作約五百首，開頭部分，伴隨三十首左右短歌，自傳性極強的物語風、日記風敘述，被獨立出來稱作《伊勢日記》，是後來《和泉式部日記》等女性日記文學的先驅。三十六歌仙之一。《古今和歌集》中收其歌作二十二首，是女歌人中最多者。

【本書選譯十首】→ *18, 26, 31, 63, 209, 210, 223, 232, 238, 271*

兼覽王（Kanemi no Ōkimi, 866?-932）

平安時代前期至中期皇族、歌人，文德天皇之皇孫，惟喬親王之子。官正四位下、宮內卿。中古三十六歌仙之一。《古今和歌集》中收其歌作五首。

【本書選譯一首】→ *118*

兼藝法師（Kengei, 約活躍於875-885年間）

生卒年不詳。平安時代前期歌人。父為伊勢少掾古之，大和國城上郡人。《古今和歌集》中收其歌作四首。

【本書選譯一首】→ *267*

紀秋岑（Ki no Akimin, 約活躍於890年前後）

生卒年不詳，平安時代前期歌人。美濃守紀善峰之子。官六位。《古今和歌集》中收其歌作二首。

【本書選譯一首】 → *127*

紀有朋（Ki no Aritomo, ?-880）

約生於820年代，平安時代前期貴族、歌人，又稱紀有友。官從五位下、宮內少輔。《古今和歌集》中收其歌作二首。

【本書選譯一首】 → *32*

紀友則（Ki no Tomonori, ?-906?）

約生於850年代，平安時代前期官員、歌人。紀有朋之子。897年任土佐掾，翌年任少內記，904年任官六位、大內記。有私家集《友則集》。《古今和歌集》編者之一，三十六歌仙之一。《古今和歌集》中收其歌作四十六首。

【本書選譯十首】 → *9, 109, 133, 178, 179, 182, 185, 206, 260, 282*

紀貫之（Ki no Tsurayuki, 872?-945）

平安時代前期官員、歌人。受醍醐天皇命，參與編纂《古今和歌集》，為主要編選者，日文序亦為其所寫。紀貫之是《古今和歌集》編者之一的紀友則的堂弟，精通漢學，官至從五位上。他為天皇起草詔書，活躍於宮廷歌壇。他的歌風因此也是《古今和歌集》歌風的某種縮影——語言清麗，格調細膩纖巧，亦重理智、機智，鍾愛自然，對時間與四季的變化體察敏銳。有私家集《貫之集》。他曾任土佐守，據其任滿回京旅途體驗創作了一本《土佐日記》，是日本假名文學的濫觴，對日本日記文學、隨筆、女性文學的發展有重大影響。三十六歌仙之一。《古今和歌集》中收其歌作一百零二首，是最多者。

【本書選譯二十一首】 → *2, 16, 23, 25, 27, 32, 37, 40, 51, 68, 117, 119, 122, 126, 135, 172, 173, 175, 248, 262, 286*

紀淑望（Ki no Yoshimochi, ?-919）

約生於880年前後，平安時代前期貴族、儒學者、歌人。中納言紀長谷雄之長子。官從五位上、大學頭。《古今和歌集》漢文序撰寫者。《古今和歌集》中收其歌作一首。

【本書選譯一首】→ *99*

清原深養父（Kiyohara no Fukayabu, 約活躍於910年前後）

生卒年不詳，平安時代前期至中期貴族、歌人。平安時代著名女作家清少納言的曾祖父。908年任內匠允，923年任內藏大允，930年官從五位下。有私家集《深養父集》。中古三十六歌仙之一。《古今和歌集》中收其歌作十七首。

【本書選譯四首】→ *129, 181, 184, 214*

壬生忠岑（Mibu no Tadamine, 約活躍於920年前後）

約生於850年代，卒年不詳，平安時代前期歌人、歌學研究者。低階武官出身，曾任左近衛番長、右衛門府生、御廚子所膳部、攝津權大目等。有私家集《忠岑集》。《古今和歌集》編者之一，三十六歌仙之一。《古今和歌集》中收其歌作三十六首。

【本書選譯六首】→ *7, 101, 104, 139, 180, 261*

陸奧（Michinoku, ?-?）

生卒年不詳，平安時代女歌人。父為官從五位下的橘葛直，葛直據說曾任陸奧國（今宮城、岩手、青森縣）國司。《古今和歌集》中收她的歌作一首。

【本書選譯一首】→ *283*

源當純（Minamoto no Masazumi, 約活躍於905年前後）

約生於870年前後，卒年不詳，平安時代前期貴族、歌人。右大臣、正三位源能有之五男。官從五位上、少納言。《古今和歌集》中收其歌作一首。

【本書選譯一首】→ *8*

源宗于（Minamoto no Muneyuki, ?-939）

約生於860年代，平安時代前期到中期的貴族、歌人。父親忠親王是光孝天皇第一皇子。官正四位下、右京大夫。有私家集《宗于集》。三十六歌仙之一。《古今和歌集》中收其歌作六首。

【本書選譯二首】→ *15, 79*

源常（Minamoto no Tokiwa, 812-854）

平安時代前期公卿，歌人。嵯峨天皇的皇子，官正二位、左大臣，贈正一位。《古今和歌集》中收其歌作一首，稱其為「東三條左大臣」。

【本書選譯一首】→ *22*

都良香（Miyako no Yoshika, 834-879）

平安時代前期貴族、漢學者、漢詩人。原名言道，後改名良香。官從五位下、文章博士。有漢文集《都氏文集》。《古今和歌集》中收其歌作一首。

【本書選譯一首】→ *259*

宗岳大賴（Muneoka no Ōyori, ?-?）

生卒年不詳。算博士（大學寮數學教師）。與凡河內躬恒同時代。《古今和歌集》中收其歌作二首。

【本書選譯一首】→ *177*

難波萬雄（Nainiwa no Yorozuo, ?-?）
生平不詳。《古今和歌集》中收其歌作一首。
【本書選譯一首】→ *246*

仁和帝（Ninna no Mikado, 831-887）
即光孝天皇。《古今和歌集》中收其歌作二首。
【本書選譯一首】→ *13*

大江千里（Ōe no Chisato, 約活躍於900年前後）
約生於850年代，卒年不詳，平安時代前期貴族、儒學者、歌
人。官六位、兵部大丞。894年進獻其家集《句題和歌》（即《大
江千里集》）給宇多天皇。中古三十六歌仙之一。《古今和歌集》
中收其歌作十首。
【本書選譯三首】→ *67, 81, 174*

小野小町（Ono no Komachi, 825?-900?）
平安時代前期女歌人。《古今和歌集》序文中論及的「六歌仙」
中的唯一女性。也是三十六歌仙之一。小町為出羽郡司之女，任
職後宮女官，貌美多情（據傳是當世最美女子），擅長描寫愛
情，現存詩作幾乎均為戀歌，其中詠夢居多。詩風艷麗纖細，感
情熾烈真摯。她是傳奇人物，晚年據說情景淒慘，淪為老醜之乞
丐。後世有關小町的民間故事甚多。能劇裡有以小野小町為題材
的七謠曲（七個劇本），合稱「七小町」。小町活躍於歌壇的時
間推測應在仁明天皇朝（833-850）與文德天皇朝（850-858）的
年代。有私家集《小町集》一冊，編成於九世紀後半，其中有一
些或為後人偽作。構成小野小町傳奇最重要的部分應為其熾熱強
烈的情感，她為後來的歌人們留下了視激情、情慾為合法、正當
的詩歌遺產，在她之後代代歌人所寫的詩歌中，激情洋溢的女子
從不缺席。《古今和歌集》中收其歌作十八首。
【本書選譯十六首】→ *49, 164-166, 168, 189, 192, 201-203, 220,*
235, 239, 242, 277, 292

小野貞樹（Ono no Sadaki, ?-?）

約生於820年代，卒年不詳，平安時代前期貴族、歌人。849年任春宮少進，855年官從五位上，860年任肥後守。《古今和歌集》中收其歌作二首。

【本書選譯一首】→ *236*

小野篁（Ono no Takamura, 802-852）

平安時代前期公卿、學者、歌人、漢詩人。通稱野宰相、野相公，為言行坦率、狂野之人。官從三位、參議。「六歌仙時代」前夕的重要歌人。《古今和歌集》中收其歌作六首。

【本書選譯一首】→ *132*

小野美材（Ono no Yoshiki, ?-902）

約生於860年代，平安時代前期貴族、文人、書法家。小野篁之孫。官從五位下、大內記。《古今和歌集》中收其歌作二首。

【本書選譯一首】→ *169*

凡河內躬恒（Ōshikōchi no Mitsune, 約活躍於900-920年間）

約生於860年代，卒年不詳，平安時代前期官員、歌人。官六位、和泉大掾。與紀貫之並為醍醐天皇延喜朝歌壇重鎮，《古今和歌集》編者之一，三十六歌仙之一。有私家集《躬恒集》。《古今和歌集》中收其歌作六十首。

【本書選譯十二首】→ *24, 33, 39, 54, 69, 71, 72, 87, 176, 250, 287, 293*

酒井人真（Sakai no Hitozane, ?-917）

約生於860年代前半，平安時代前期官員、歌人。官從五位下、土佐守。《古今和歌集》中收其歌作一首。

【本書選譯一首】→ *226*

坂上是則（Sakanoue no Korenori, ?-930）

約生於870年代前半，平安時代前期到中期的貴族、歌人。908年任大和權少掾次，924年任加賀介，官從五位下。有私家集《是則集》。三十六歌仙之一。《古今和歌集》中收其歌作八首。

【本書選譯一首】→ *130*

真靜法師（Shinsei, ?-?）

生卒年不詳。平安時代前期歌人，與安倍清行、小野小町同時代。河內國人。《古今和歌集》中收其歌作二首。

【本書選譯一首】→ *272*

神退法師（Shintai, ?-?）

生卒年不詳。近江國滋賀郡人。《古今和歌集》中收其歌作一首。

【本書選譯一首】→ *276*

素性法師（Sosei, ?- 909 ?）

約生於840年代，平安時代前期僧侶、歌人。俗名一說為良岑玄利。桓武天皇之曾孫，僧正遍昭（良岑宗貞）之子。有私家集《素性集》。三十六歌仙之一。《古今和歌集》中收其歌作三十六首。

【本書選譯十首】→ *4, 28, 35, 43, 44, 50, 58, 65, 108, 121*

菅原道真（Sugawara no Michizane, 845-903）

平安時代貴族、學者、政治家、漢詩人、歌人。官從二位、右大臣，贈正一位、太政大臣。參與編纂《日本三代實錄》，有詩文集《菅家文草》、《菅家後集》。《古今和歌集》中收其歌作二首。

【本書選譯二首】→ *107, 254*

橘清樹（Tachibana no Kiyoki, ?-899）

約生於850年前後，平安時代前期貴族、歌人。官從五位下、阿波守。《古今和歌集》中收其歌作一首。

【本書選譯一首】→ *200*

平貞文（Taira no Sadafun, 872?-923）

平安時代前期至中期貴族、歌人。桓武天皇玄孫，官從五位上、左兵衛佐。《平中物語》一書主人公，承繼《伊勢物語》主人公在原業平風流、好色美男子之名。中古三十六歌仙之一。《古今和歌集》中收其歌作九首。

【本書選譯二首】→ *93, 279*

矢田部名實（Yatabe no Nazane, ?-900）

約生於860年後半，平安時代前期官員。890年任河內權大掾，897年任少內記，899年任大內記，官位六位。《古今和歌集》中收其歌作一首。

【本書選譯一首】→ *257*

承均法師（Zōku, ?-？）

生卒年不詳。似為平安時代元慶年間（877-885）左右之人。《古今和歌集》中收其歌作三首。

【本書選譯一首】→ *275*

陳黎、張芬齡中譯和歌、俳句書目

《亂髮：短歌三百首》。台灣印刻出版公司，2014。

《胭脂用盡時，桃花就開了：與謝野晶子短歌集》。湖南文藝出版社，2018。

《一茶三百句：小林一茶經典俳句選》。台灣商務印書館，2018。

《這世界如露水般短暫：小林一茶俳句300》。北京聯合出版公司，2019。

《但願呼我的名為旅人：松尾芭蕉俳句300》。北京聯合出版公司，2019。

《夕顏：日本短歌400》。北京聯合出版公司，2019。

《春之海終日悠哉游哉：與謝蕪村俳句300》。北京聯合出版公司，2019。

《古今和歌集300》。北京聯合出版公司，2020。

《芭蕉·蕪村·一茶：俳句三聖新譯300》。北京聯合出版公司，2020。

《牽牛花浮世無籬笆：千代尼俳句250》。北京聯合出版公司，2020。

《巨大的謎：特朗斯特羅姆短詩俳句集》。北京聯合出版公司，2020。

《我去你留兩秋天：正岡子規俳句400》。北京聯合出版公司，2021。

《天上大風：良寬俳句·和歌·漢詩400》。北京聯合出版公司，2021。

《萬葉集365》。北京聯合出版公司，2022。

《微物的情歌：塔布拉答俳句與圖象詩集》。台灣黑體文化，2022。

《萬葉集：369首日本國民心靈的不朽和歌》。台灣黑體文化，2023。

《古今和歌集：300首四季與愛戀交織的唯美和歌》。台灣黑體文化，2023。

《變成一個小孩吧：小林一茶俳句365首》。陝西師大出版社，2023。

《願在春日花下死：西行短歌300》。北京聯合出版公司（進行中），2023。

國家圖書館出版品預行編目(CIP)資料

古今和歌集：300首四季與愛戀交織的唯美和歌/紀貫之等著；陳黎,張芬齡譯. -- 初版. --
新北市：黑體文化出版：遠足文化事業股份有限公司發行,2023.07
　　面；　公分. -- (白盒子；3)
ISBN 978-626-7263-24-2(平裝)

861.5134 112008615

黑體文化 讀者回函

白盒子 3
古今和歌集：300首四季與愛戀交織的唯美和歌

作者‧紀貫之等｜譯者‧陳黎、張芬齡｜責任編輯‧張智琦｜封面設計‧許晉維｜總
編輯‧龍傑娣｜出版‧黑體文化／左岸文化事業股份有限公司｜發行‧遠足文化事業
股份有限公司（讀書共和國出版集團）｜地址‧23141新北市新店區民權路108之2號9
樓｜電話‧02-2218-1417｜傳真‧02-2218-8057｜郵撥帳號‧19504465遠足文化事業股份
有限公司｜客服專線‧0800-221-029｜客服信箱‧service@bookrep.com.tw｜官方網站‧
http://www.bookrep.com.tw｜法律顧問‧華洋國際專利商標事務所‧蘇文生律師｜印刷‧
中原造像股份有限公司｜初版‧2023年7月｜定價‧380元｜ISBN‧978-626-7263-24-2｜書
號‧2WWB0003